献给在绝境中选择背水一战的你

서른의 반격

30岁的反击

〔韩〕孙元平 著

朴正敏 译

北京联合出版公司

目 录
Contents

1. 1988年出生・001
2. 那声呐喊・009
3. 我的好朋友,郑辰先生・024
4. 最低限度的劳动者・037
5. 椅子们・045
6. 颠覆、龟裂或游戏・061
7. 看到了光明・077
8. 在灰烬上跳舞・096
9. 有些妈妈,有些爸爸・106
10. 第一次反击・125
11. 截然相反的命题・135
12. 老去的市民・149
13. 自我启发的时代・160
14. B・174
15. 逃避・186
16. 确认存在・194
17. 不再是爱情・208
18. 各位!・225
19. 远方的他人・235
20. 空白章节・251
21. 真的,真的,我们・257

评语・265
作家的话・267

1.1988 年出生

我出生那年，韩国有一个鼻子很大的男人。这位头发花白的退役将军，无论怎么看，过的都不算是寻常的人生。但不知道为什么，年近六旬之际，他突然开始动不动就把"普通人"挂在嘴边。他特别喜欢这个词，以至于自我介绍时也要称自己为普通人，而且生怕别人不相信，每次都要在最后加上一句"请你们相信我"。他没头没脑地到处声称普通人的时代即将来临，而且竟然真的靠这句乍一听有点儿像诡辩的话当上了总统。在此之后，他的人生依旧过得非比寻常。最具代表性的事件则是他卸任后与前任总统一同被铐上手铐送进了监狱，而两人铐着手铐的那张照片占据了所有报纸的头版头条。总而言之，成为总统之后，他也依然每天过着普通人绝对难以体验到的生活。

我知道的也就只有这么多了。之前在广场上发生的流血事件及斗争的痕迹，也都只是从照片和纪录片中看到的我没经历过的往事罢了。

在那之后，这个社会的确前进了几步，不过似乎也就仅仅止于那几步而已。黑暗依旧处于上风，而普通人的时代自然也没有到来。不过，我们的确迎来了一个新时代。在这个时代，人们一边卑躬屈膝地对大势表示认同，一边却不惜用尽各种方法和手段来大声喊出"我和别人不一样，是个非常特别的人，所以拜托大家多关注我一下"，用尽全力彰显自己的与众不同之处。而我的青春偏偏就在这个时代迎来了它最后的时光。

当然，我的人生也有个开始。就像大部分生命的诞生一样，我人生的开始对于某些人来说也是一份永远抹不去的特别的回忆。每次一提起我名字的由来，我的母亲都会说起全国到处都贴着小老虎标志，铁环少年表演滚铁环的那个炎热的夏天。全世界都十分关注在发展中国家举办的那场奥运会，而全国人民也都紧握双拳，在电视机前紧张地观看八岁男孩儿能否滚着铁环顺利横穿那个宽广的运动场。

连续几天，电视都在转播比赛。开幕式那天，少年成功表演滚铁环的视频反复地出现在电视屏幕上。各项比赛正在持续进行当中，一到晚上，我家所在的中溪洞矮小的住宅楼里，到处会传来巨大的欢呼声或叹息声。

母亲把手搭在圆鼓鼓的肚子上，躺在沙发上看电视。虽然立秋都已经过去一个月了，但天气依旧十分炎热，母亲热得用一只手不停地往脸上扇风。因为父亲昨天出去喝酒到现在还没回来，母亲气得皱起了眉，但这只是表面原因而已。其实，此刻母亲满脑子都是对腹中婴儿的担忧，为孩子的名字而感到心烦意乱。

我的名字本应该是秋峰，寓意着秋天的顶峰、华丽的极致。这可是曾在朝鲜当私塾先生的爷爷亲自算好了笔画起的珍贵的名字。生在战争年代的爷爷作为一个难民，在艰苦的条件下顽强地活了下来，而父亲身为家里的第三代独子，肯定不敢违抗爷爷的意愿，所以他自然就当没听到母亲的抱怨。母亲想象着肚子里的孩子以后要以秋峰这个名字度过一生，便伤心得哭了好几天。父亲却对此无动于衷，顶多说过几句类似这样的话来安慰母亲：

"你应该庆幸孩子是在秋天出生的。如果生在春天，他不就要叫春峰了嘛。而且幸好不姓高，金秋峰总比高秋峰[①]强多了吧。"

听完父亲的话，母亲想了想，随后又哭了起来。父亲干咳了几声，装作听不见。出生于六十年代初、名为裴末淑的母亲，一直都梦想着能给自己的孩子起个好听的名字。但是，母亲能做的顶多也就是祈祷我不是个女孩儿。

卡尔·刘易斯[②]和本·约翰逊[③]参加的100米短跑比赛马上就要开

[①] 高秋峰的韩文写法为"고추봉"，前两个字"고추"指"辣椒"，也可指"小男孩儿的生殖器"。
[②] 卡尔·刘易斯（Carl Lewis，1961— ），美国田径运动员，主攻短跑和跳远，被誉为"杰西·欧文斯第二"。
[③] 本·约翰逊（Benjamin Sinclair Johnson，1961— ），即本杰明·辛克莱尔·约翰逊，加拿大短跑运动员。

始了。虽然母亲刚刚就开始感觉肚子有点儿不太对劲，但此刻她的内心太过复杂，所以并没有察觉到这是孕妇临产前有规律的阵痛。她一边在心里埋怨着父亲，一边想着自己的孩子以后要背负一生的名字，焦虑地啃起了手指甲周围的老茧。爷爷当初一听到母亲怀孕的消息，就算好了预产期，留下了秋峰这个名字后不久便离世了。如果他还活着，母亲倒是还能找他再商量一番，但事已至此，母亲只能怨恨这位留下如同诅咒一般的遗言便死去的公公了。再加上不知道父亲现在在哪里做什么呢，竟然把临盆的老婆独自留在家中，怎么也联系不上，终究还是惹得母亲伤心得哭了起来。

就在这时，阵痛的感觉越来越明显。母亲用颤抖的手用力写下了一张纸条。虽然她心里感到气愤，却写得十分恭敬，甚至用上了平时对父亲从没说过的敬语：

——我现在要去生孩子了。请您赶快过来。

母亲吃力地往外走，等了半天才拦下一辆出租车，安全到达了医院。在她阵痛越来越严重的时候，父亲才顶着一张因宿醉而通红的脸赶到医院。

母亲疼得发出了野兽般的吼叫声，她在大声吼叫的同时还不忘愤怒地瞪着父亲。

父亲觉得有些尴尬，便吞吞吐吐地说道："听说本·约翰逊赢了。"

话音刚落，父亲生平第一次也是最后一次被母亲狠狠地打了一记耳光。总之，母亲的阵痛持续了很长时间，我也不知道我当时为什么那么不想从母亲的肚子里出来。可能是因为那九个月在母亲的肚子里待得太舒服了，或者是因为不喜欢秋峰这个名字，又或者是因为害怕将要面对的这个世界。

母亲的阵痛持续了整整两天，人也变得越来越憔悴了。医生劝她做手术，她却一脸痛苦地坚持说："在一件事情得到解决之前，我决不生孩子。"医生吃惊地表示自己头一次见到这样的产妇，而父亲则在一旁急得直跺脚。其实，母亲此刻正在心里打着算盘，而这件事对她来说远比肉体所承受的痛苦要重要得多。最后，医生扶了扶眼镜，称"再这样下去产妇和孩子都会有危险"时，母亲对自己之前苦苦哀求的问题下了最后通牒。

"孩子绝对不能叫秋峰，我就算死也不会答应。你给我写保证书。"

父亲的脸被吓得惨白。他在已去世的父亲和可能即将死去的老婆之间犹豫了一下。随后，父亲向母亲用力地点了点头。即便意识已经开始有些恍惚，母亲也在医生的协同下让父亲当场写下了保证书。

"你要是敢瞒着我自己偷偷去办出生登记的话，我就带着孩子逃走。我可没跟你开玩笑。"

进手术室前,母亲突然感觉到身体发来的信号。她按照书中所写的,吸口气后使劲用力,反复用了三次力,孩子便生出来了。是个女孩儿。母亲紧紧地抱着差点成为金秋峰的我,流下了欣慰的眼泪。几个小时后,我终于睡着了。而在我来到这个世界的第一个夜晚,仿佛在象征母亲逆转性的胜利似的,百米赛跑的金牌得主竟然从本·约翰逊变成了卡尔·刘易斯。

就这样,经过一番艰苦的斗争,月子都没坐完的母亲熬夜翻查《玉篇》①,冥思苦想了一整晚,终于给我起了个名字。那名字便是1988年奥运会期间在韩国出生的女孩儿当中最常见的名字——金智慧。

我的出生的确充满了戏剧性,但是在那之后,与我名字相关的故事并不像卡尔·刘易斯或本·约翰逊那般精彩,反而有种可怜的感觉。

比如,就像接下来要讲的故事一样。小学开学那天,老师点到我的名字时被其他孩子抢先回答,那个孩子也叫金智慧。随后,老师再次点到金智慧,但这次又有其他小孩子抢先回答。不久之后,我才发

---

① 韩国编撰的汉字字典,多在起名时使用。

现点名册上我的名字竟然是"金智慧（三）"。

我上学的时候时常发生这种事情。随着年级的上升，顶多就是"一二三"变成了"ABC"。无论我去哪儿都会碰到一堆叫智慧的人。上初中时，我们班甚至有五个名叫智慧的人，真可谓是奇观。高的智慧、矮的智慧、白的智慧、黑的智慧、胖的智慧，比起名字，形容词才是区分我们五个人的标准。我是这其中最没有特点的"矮的智慧"。与其说我很矮，倒不如说"高的智慧"特别高，而我跟她比起来没那么高而已。总之，全国的智慧们与同样遍布全国的敏智、恩智、恩静、慧珍们，还有就像调味料一样，每个班里都有那么一名的宝蓝、瑟琪们一起茁壮成长。

在新的班级、课外补习班或者抽奖活动中，发现和我同名的人并非什么难事。就连吃饼干的时候，翻看包装袋时，我也能在生产工厂的职员名单里看到与我相同的名字。有时，与其说"金智慧"是我的名字，我倒觉得它更像是"小狗""小猫"这样的普通名词。虽然有时候会感到有点儿遗憾，但总的来说，这个名字还挺适合我。有时候，我很庆幸自己能够躲在这无数个匿名当中。对于一个没什么可炫耀的人来说，这个名字倒挺合适的。

当然，在公司入职考试中屡次失败时，尤其当我在梦寐以求的DM集团内容企划部的最终录取名单里，发现上面写着的金智慧并不是我的时候，我还是会感到心痛。不过，已经对死心感到习以为常的我，没过多久便认为，这也许就是自己的命吧。

卡尔·刘易斯在与本·约翰逊比赛之前说过一句非常霸气的话：

——目前为止，还没有人能够跑到我的前面。

本·约翰逊也不服输地回了一句：

——我从没有想过要看着别人的后背奔跑。

然而，这种台词并不属于像我这样的人。我更像是身在一场马拉松比赛中，在无数人当中奔跑着。已经跑得气喘吁吁的我，只盼着自己不要中途放弃，就这样混迹在人群之中，朝着未知的目的地不停地挪动脚步。其实，我并不为此感到特别伤心，偶尔还能心平气和地一笑而过。我想，能如此看得开也算得上是一件幸事吧。

就这样，我一步一步地走向了现在的我。

2. 那声呐喊

"妍,英①,不都差不多嘛。"

坐在隔壁的刘组长气哄哄地嘟囔着。她抱怨刚才打电话向对方确认听课费是否缴付成功时,只因为自己不小心把崔载英叫成了崔载妍,对方就朝自己发火。我并没有指出"英"和"妍"还是有挺大区别的,而是拿起一摞文件走出了办公室。走廊尽头的窗前摆放着一台大型复印机。因为办公室前不久重新装修过,这台旧式复印机显得格外碍眼,所以就被搬到了走廊里。但因为它还能凑合着用,公司就一直没有换新的复印机。我像往常一样开始复印资料。《艺术与哲学》这门课的资料比较多,所以复印量很大。虽然这只是个简单的工作,但任何事情都有它的要领。

---

① 韩语中妍和英分别为"연""영",两个字的写法和读音十分相似。

首先，鉴于复印机的盖子出了故障，我需要拿一本厚点儿的书压在盖子上，这样复印时发出的强光就不会伤到我的眼睛。其次，由于我们每天要复印大量的文件，因此，想要在最快的时间内复印完这些资料，就要把握好放入新纸张的时机。有一天，我把自己的复印技巧告诉了刘组长。结果她说："不过就是复印而已，没必要搞得那么麻烦，不久之后就会买新的复印机，你再坚持坚持吧。"如果有了新的复印机，复印是变得更方便了，然而我在公司的位置也就变得更微不足道了。

我听说在我小的时候，"把大象装进冰箱要几步"这个冷笑话挺流行的。先把冰箱门打开，把大象放进去，再把冰箱门关上。复印也一样。先把盖子打开，把纸放进去，然后按下复印键。这就好比某种因果分明的函数。而我自己也是那种无法变成变数的函数。

每当复印机发出来的金色闪光从我脸颊闪过时，柏拉图和亚里士多德曾说过的话便会被印到纸张上面。"厌恶艺术家的柏拉图，勉强认可艺术家的亚里士多德"。安迪·沃霍尔的罐头，以及玛丽莲·梦露的照片也被印了出来。"是独一无二的原创，还是复制及现成品的美学？"看来这是有关艺术本质的课程，估计就跟大学时上过的教养课①差不多，都是在探讨"艺术到底是创造，还是模仿""艺术的作

---

① 韩国大学的课程大致分为专业课与教养课，教养课相当于中国大学里的公共课。教养课涉及各种知识领域，是一种能够丰富学生的知识并提高个人素养的课程。

用是什么"之类的内容。人们为什么会来听这样的课程呢？这种知识对人生又能有什么帮助呢？

我望向窗外。窗户的正前方有一棵挺拔的大树，但它光秃秃的，叶子还没长出来，所以不知道是棵什么树。其实，重要的不是树种，而是公司没有几处能看得到外景的地方。这栋楼又不是百货大楼，窗户竟然如此之少，也许是因为上课时往窗外看并不是有教养的人该有的行为吧。总之，好不容易有了一个外出的机会，我可不想迟到。按照上课时间表，把复印好的文件放到教室之后，我便回办公室背上了包。

"话说，这种东西我也得亲自给他送过去吗？"

外出前，我尽量让自己看起来显得毫无私心，甚至对这种要求表示出有些无语的样子。我的话音刚落，就挨了一顿说。

"这种时候就能看出你缺乏社会经验了吧。我也懒得事事都跟你解释，你就趁这种机会出去透透气吧。"

简单的计谋得逞！虽然要为这种小事动脑筋是挺麻烦的，但至少这样我就不会听到别人说我出去是为了偷懒，或者为了不想留下来整理椅子才溜出去之类的闲话了。

刘组长比我大十一岁，并且在这里工作了好几年，算是公司里的老前辈了。挺着临产的大肚子还坚持上台作报告，并且成功邀请到国外有名的流行歌手来韩国演出，这件事可是她事业中的光辉事迹。

我曾鼓起勇气问过她，以她华丽的履历为什么会突然来这里工作。刘组长边叹气边答道："再过几年，等你结了婚再生俩孩子，你就会懂了。"

"等有了孩子，你就会懂了"是刘组长的经典口头禅之一。不知道是不是因为她那坎坷的人生经历，刘组长不仅和上级们关系融洽，还能以自己是公司的老员工的身份震慑下属，在公司树立地位、立功劳的技巧也十分高妙。而正因为这些"令人心酸"的努力，刘组长绝对不是可以交心的对象。要想在这种上司手下过得舒坦一点儿，即使做不到她那种程度，也至少要多动动脑筋。年过三十来当最底层实习生的我，就算再看不惯，也只能屈从于她了。

我走出公司大楼，到马路对面乘坐公交车。虽然每天都来这里上班，但好久都没有在这么远的地方仔细看看公司大楼了。建筑物的外墙上闪烁着"Diamant"的凸出字样。应该有很多人会把它读作"Diament"。虽说应该没有人不知道鼎鼎有名的DM集团，但又有几个人能一看到DM就马上想到它的全称是"Diamant"，在法语中是钻石的意思呢？这说明在人们的心中DM已经成了一个专有名词。虽然把一个单词分成"DM"两个字母来读有些奇怪，但毕竟是先用韩文起好了"钻石社"这个名字之后，才发现公司还需要一个看起来像样一点儿的大写首字母来代表公司名称，所以应该也没有其他办法了吧。

从一家水泥公司起步,之后成功开拓到建筑、食品、化妆品等多个领域的DM的成功神话,与其他大型企业并没有太大的区别。如果非要说出不同之处,那就是与其他公司相比,DM很早就涉足了文化产业。这倒不是说它对韩国文化产生了多大的影响,但它在韩国文化产业中的确占据了很大的比重。就像公司的名字一样,从电影、话剧、音乐再到食品,只要是DM参与的项目,都像钻石一样闪闪发光、成熟干练、完美无瑕。在这些产业当中,唯有钻石学院打着差异化的旗号,独自走上了与众不同的道路。据说连小学都没毕业的首任会长对自己的学历有着不为人知的自卑感,而学院似乎就是他的自卑感变异之后得出的结果。

我们公司就在周新洞的一条小巷子里,与其他遍布在江南一带及其周围的DM子公司相距甚远。过去,这里是首尔典型的山上居民区[①],但鉴于其中有好几个地方被划为再开发区域,所以好几块地都像破了个洞一样成了废墟,在这些废墟间参差不齐地耸立着破旧的老住宅楼。而笔直地屹立在这片破旧的开发预选地,独自展现华丽姿态的大型建筑就是钻石学院。

带有珠光的象牙色建筑的顶端挂着一个招牌,招牌上还镶嵌着一颗象征钻石的巨大的珠子。有阳光照射时,整个建筑就会发出绚丽的

---

① 位于山脊或山坡等高处,贫民聚集在一起生活的居民区。

光芒，但一到雨天或者阴天就会显得异常阴暗，给人一种莫名的压迫感。今天正好阳光明媚，在阳光的照射下，整座大楼都在闪闪发光，以至于连招牌上的字都看不清楚。这样看来，作为一座由大企业修建出来的象牙塔，公司的外观设计得实在是太到位了。人们会来这里学一些学术性的东西。与文化中心①不同，以"高水准教育"为特色的钻石学院开设了从初级拉丁语到现代法国哲学等彰显高等知识水准的教学课程。

我之所以到这里当实习生，有我自己的目的。虽然之前在DM集团的公开招聘中落选，但如果运气好的话，应该能够成为这里的正式员工，努力工作一段时间，等能力被认可的时候，说不定就有机会被提拔到总公司。但是，那到底会是什么时候呢？我乘坐的公交车朝着市区的方向拐了个大弯。

我走进了光化门大路边的一家咖啡馆。刚过立春，天气依旧十分寒冷，只有在服装行业或广告里才能看到春暖花开的二月初。我用手支着下巴，望向了窗外。一些穿着厚外套的人匆匆地行走在路上，真正吸引我目光的却是路上到处盛开的迎春花。在零下的气温和凛冽的寒风中饱受折磨的迎春花看起来真可怜。上周气温很异常，连续三天

---

① 韩国政府设立的一家非营利机构，旨在促进韩国文化的推广与交流。

气温竟然超过了十摄氏度，可怜的迎春花可能误以为春天真的来了，就先探出了头。既然已经开了花，便再也回不去了，可春天还没到就已经盛开的它，难道就只能等着冻死吗？不过它的颜色可真黄啊，那颜色让人看着都觉得眼睛疼。在这个灰暗的城市里，唯独你自己显得如此生气勃勃，这可如何是好啊？

我停止了对迎春花的默哀，看了一下时间。约定的时间已经过了十五分钟，但朴教授到现在都还没来，甚至连个电话都没打给我。也是，他并不是来见我这个人的，他只是到这儿来取走我手里的东西而已。

多亏最近几年突然兴起的人文学热潮，我们学院也借此大赚了一笔。其中，朴昌植教授的课人气最高。我上大学的时候，就听说过"色情与爱情"这门课，它被编成同名书籍后成了畅销书。借着这本书的人气，如今这门课的听课名额甚至被扩增到了七十人。以这种规模来说，这门课已经不再是小班授课，而是更倾向于给人一种在听演讲或专题讲座的感觉。即便如此，来听课的学生的数量却丝毫没有减少的迹象。

在去年冬季学期第一次接触他的课时，我感到十分震惊。每周我都要复印世界各国的各种色情图片，上课时还得用投影仪播放包含兽奸在内的哺乳动物的各种性行为视频。朴教授的课讲的就是这种行为所蕴含的哲学与美学。由于我实在受不了影片所带来的视觉冲击及教授的激情讲解，所以每次准备好上课时所要用到的教学资料后，我便赶紧溜出教室。

后来，我看到被评为人文素养类畅销书的那本著作时，不禁瞠目结舌。朴教授在课堂上讲的内容和书上写的几乎一字不差，没有多加一句话，也没有任何内容上的改变。他只是在原封不动地朗读书里的内容，把书中的图片换成更加清晰的版本，并打印出来发给学生，他只是在用自己的声音说出书中的内容而已。但就算这样，他的人气依旧很高。刘组长说，企划的秘诀就是像他那样"一切照旧"。

"太有创意的东西会让人感到头疼的，体验一下适当简单却又很有名的事情就够了。人们会因为自己体验了一把高水准的东西而感到自豪。随之，他们会在Instagram①上炫耀这份自豪感，然后慢慢树立起口碑，从而让更多人了解。这就是企划。"

我从包里拿出一个长而薄的黑色机器，把它放到桌上。iPhone 7 Plus，这个黑色物体就是我此刻存在的意义。朴教授把手机落在了教室里，然后理直气壮地打电话"要求"我："我现在太忙，没时间回去取，能不能麻烦你给我送过来。"多亏了他，我才能以"外勤"为由，度过一段平和的下午时光。

看似合约都还没到期的这部手机，因为表面沾满了指纹和油脂而

---

① 一款移动社交应用，简称"Ins"。

显得油光锃亮。我总感觉里面好像装满了兽奸视频,以及各种各样的色情片。我赶紧停止了在脑中想象出的画面,然后轻轻啜了一口热腾腾的拿铁。

能在工作日的下午像现在这样坐在这里,让我产生了一种自己变成了悠闲的文化人的错觉。其实,我对这里很熟悉。准备就业的那段时间,我每天都会来这里点上一杯咖啡,然后坐在咖啡馆里学习一整天。衣着整洁、脖子上挂着员工工作证的人们,一到中午就会聚集到这里。看着能在市中心的摩天大楼里工作的他们,我内心羡慕不已。我看着他们,在心里鼓起了勇气,下定决心自己以后也要成为像他们一样的人,然后便往早已凉透的马克杯里倒上水,一整天坐在这里准备托业①考试、修改自我介绍信,以及嚅动着嘴唇做面试模拟练习。

正当我沉浸在回忆里时,我看到朴教授开门走了进来。他看起来有些急躁、不耐烦。我刚要站起身,试图让他看到我这个微不足道的存在。这时,突如其来的叫声响彻了整个咖啡馆。

"哟,朴教授。"

之后发生的所有一切都是从那个声音开始的。

---

① 托业(TOEIC)即国际交流英语考试。

※ ※ ※

这个声音一下子便吸引了全场人的注意。他的声音好似气出丹田，低沉又粗厚。我和朴教授，以及咖啡馆里的其他人，全都看向了发出声音的那个人。离朴教授有十五米左右的一个角落里站着一个男人。也就是说，这个男人恰好站在我的身旁。

"在国外色情网站上随便搜点资料，就把它包装成人文学科来讲课，您都不觉得丢人吗？"男子大声地呵斥道。

为了显示出自己不是跟他一伙的，我尽量把身子往后挪了挪，然后一脸惊讶地抬头看向那个男人。和他粗犷的声音一样，他的长相也酷似山贼。下巴长满了胡须，头发浓密又蓬乱。与粗壮的体格相比，他的鼻梁和下颌线却显得有些神经质。不知不觉间，咖啡馆里竟变得鸦雀无声。

朴教授扶了扶眼镜，眯着眼，皱起了眉头，想要仔细看清楚前面的人到底是谁。我把刚要站起来的身子慢慢放低，重新悄悄地坐了回去。

"你是？"教授的声音微微有些颤抖。

"还能是谁啊，您这么快就忘了我吗？我是教授您写书的时候给您做兼职的人啊。您所有事儿都让我干，最后把我写的稿子直接交给出版社之后，连个稿费都没给我呢。在国外色情网站上随便找点资料,就把它包装成人文学科来讲课,还压榨别人的劳动力,您都不觉得丢人吗?几年前您性侵未成年人的那件事解决好了吗?"男人仿佛早已准备好了说辞似的,十分流利地大声说道。

人们一动不动地看着他的表情,而兼职生在一旁左右为难,把托盘夹在腋下,焦急地看向了另一个兼职生。因为这个男人除了嗓门有点儿大之外,并没有闹出什么大事,所以工作人员也不好前去制止他。

教授的脸渐渐变得惨白,而他那几乎没有头发的额头却变得通红,就像在头顶盖上了和脸不同颜色的盖子一样。朴教授虽然感到十分惊慌,但鉴于和那名男子的距离太远,所以也不便与他争执。最后,那个男人大喝了一声:

"像您这样不知廉耻地活着,总有一天会让自己颜面尽失的。"

说完这句话,男人便快速走出了咖啡馆。

人们小声议论或窃窃私语的样子映入我的眼帘。朴教授就像被按了停止键一样,一动不动地站在那里。在意识到人们的视线后,他就像触了电似的浑身颤了一颤,然后便走了出去。我也急忙随后追了出去,因为不管怎么说,我都得把手机还给他。朴教授正弯着腰站在走廊的角落里擦拭额头上的汗。

"您好,教授。"

我若无其事地微笑着把手机递给了他。

"我真是,这都叫什么事儿啊?年轻人一旦开始这么想,往后可就没什么前途可言了,没前途了,知道吗?!"

教授就好像在指责我一样,用手指着我,提高了嗓门。我轻轻地叹了口气,稍微挑起了眉头。这个表情表示"这又不是我干的,跟我有什么关系啊"。在面对一个沉浸在自己的世界里、啰里啰唆说个不停的人时,选择一个适当的时机做出这样的表情效果会更好。毕竟,以我的身份,绝对不能生气地对他说:"您能闭嘴吗?"所以就只能用表情来暗示他了。

但教授的情绪太过激动,所以他没能察觉到我的小抗议,反复说了好几次"真是太无语了,太无语了真是"之后才转过身去。我在心里跟自己打赌,他会不会跟我说声谢谢。至于结果嘛,就交给各位自己想象了。

我回到咖啡馆,找了个位子坐下来,以免在回去的路上再偶遇朴教授。我悠闲地看了一会儿杂志,十五分钟之后才站了起来。刘组长竟然给我发了8条Kakao talk[①]信息。虽然还没点开确认内容,但看到最后一条信息显示着:"你到底打算什么时候回来?"所以前面几条不看我也能猜到个大概。我打算到时候就跟她说我的手机没电了,所以始终没有点开消息,因为我一定要守住Kakao talk未读消息的证明

[①] Kakao talk 类似于中国的微信,是一款社交应用软件。

"1"[①]!

回公司的时候,我坐了地铁。我并不知道刚才那场骚动意味着什么,但是那声呐喊足以让人想起已被遗忘的事情。

曾在D大学英文系担任教授的朴教授,在二十年前就被剥夺了教授职务,因为他和未成年人在车里发生了性关系。虽然当时大家就他是否知道对方未成年一事议论纷纷,但他终究没有被判实刑,而是被判了缓期两年执行。当然,著名大学教授和未成年人在车里发生性关系的事实成了社会的争议话题,他也因此失去了教授一职。然而,人生无论如何都会继续下去,朴教授竟然成功地东山再起,成了畅销书作家。虽然不再是教授,但人们依旧尊称他为教授。当上了明星讲师的他,依然可以忙碌地工作。心里想着"人生本来就是这样的",我便闭上了眼睛。

随着一阵轰鸣声,地铁加快了速度。现在我头顶上经过的是哪个小区呢?想着刚刚那场充满戏剧性的事件,我忽然觉得自己就像是在城市的表皮下游走的寄生虫。今天在地面上坐着汽车或快步行走的人当中,又有多少人会想到正有辆地铁疾驰在自己的脚下呢?明明是众

[①] 如果对方没点开确认Kakao talk信息,那对话框旁边会显示"1",这是一个未读标志,发信息的人可以根据"1"是否消失来判断对方有没有看到信息。

所周知的事实,人们却看似并不知情,又或是已经忘却了这一事实。

一听到声音,我便睁开了眼睛。有人正向我走过来。虽然谈不上认识,但这张脸看起来很面熟。我还来不及仔细想,那人便一屁股挤进了我旁边刚空出来的位子。当这个陌生人背靠着椅背,不断拓宽自己的领域时,我终于想起了他是谁。他就是那个在咖啡馆里用舌头暴打朴教授的留着胡子的男人,也就是三十分钟之前站在我身旁的那个男人。天啊!

他从怀里掏出某样东西翻了起来。那是在地铁口发的免费报纸。他哗啦哗啦地翻着报纸,然后急忙从口袋里掏出一支笔,开始解报纸上的成语典故谜语。现在这个年代竟然还有人玩纵横填字字谜,甚至都不是手机应用程序上的,而是报纸上的字谜。映在对面窗户上的这个男人,用一句话概括来说就是很难下定义的那类人。我尽量不扭过头去,只是用余光偷偷地观察他。厚实的胳膊上长满了汗毛,但好在汗毛并不长,所以看起来没那么吓人。乍一看,他身材健壮,长得挺笨重,但其实他的皮肤很白,甚至没有任何瑕疵。弯弯的睫毛又黑又长,以至于每当他眨眼时,那对睫毛就像雨刷一样扫着眼镜的镜片。

我偷偷看着他在报纸上写着"兔死狗烹——九死一生——决一死战——解铃还须系铃人——至高至纯——苦尽甘来",直至解完了所有字谜。他看起来怎么也得有三十岁,但在周一下午,连个包都没拎就这么悠闲地坐在地铁里，想必他肯定没有正儿八经的工作。单从外表来看，他像是独自拼搏的漫画家，又或是徘徊在弘益大学附近的音乐人，但回想起刚才的事，我至少可以肯定他现在过得并不是很好。正当我暗自进行推理时，他突然翻开字谜的下一页，仔细查看报纸上的招聘求职栏。由此看来他的确是个无业游民。他粗壮的手腕上有一个星形文身。总之，他是一个无论走到哪里都会让人记忆深刻的男人。

我感觉到手机在包里振动。是刘组长打来的电话。我犹豫了一会儿要不要接，随后便把手机调成了静音。就在这时，我发现那个男人不见了。那身形高大的男人是什么时候站起来的？没过多久便又有人坐到了我身旁。刘组长竟然给我发了21条信息。"Katalk Katalk"一直响个不停，信息数量还在不停增加。我曾经也有过这样的经历。我给跟我提出分手的男友彻夜发了两百多条KakaoTalk信息后，看着始终没有消失的"1"，为他的无情而痛哭。

当列车慢慢地驶向站台时，我已经站在车门前，紧紧地握住沾满了指纹的脏兮兮的银色柱子，做好随时冲出去的准备。要想面对正在焦急地等待着我且脾气暴躁的上司，身体就必须保持这种程度的紧张感。

3. 我的好朋友，郑辰先生

我因为那件事被刘组长严厉批评了许久："就只是让你出去跑腿送个东西而已，怎么能偷懒偷这么久！"其实这只是表面上的原因，那句话的背后隐藏着对自己亲自摆放教室里的椅子而感到的愤怒。绝对不能在工作岗位上做体力活，这是刘组长所主张的作为白领的铁则，也是区分正式员工和实习生的标准。

当天晚上，我回到家后在网上搜索了朴教授的名字。大部分新闻报道都是有关他那人气超高的演讲。虽然也有几篇关于二十年前的丑闻的报道，但毕竟已经过了太长时间，所以除非特意去搜那件事，这些报道应该不会被人轻易发现。我继续在网上找了找，竟然发现几个论坛上有不少关于他的论文抄袭了研究生的研究结果等无法确认真假的匿名举报。但这些举报仅仅止于不会给他的名声留下污点的程度，更像是在背后说闲话的感觉。另外，这些举报都是很久以前留下的，之后再无更新。我想起了不久前和学院的职员们一起聚餐时,听到的朴教授所说的话。

"在这个学院里授课,就好比位于江南的公寓好几年不涨传贳保证金①似的。这么一看,我真是太讲义气了,对吧?哈哈哈。"

认为自己依然是一个有名气的权威名师的这种自我意识,正以如此低级的台词展现在我们面前,而这句话的核心就是要求涨讲课费。因为钻石学院是大企业旗下的子公司,所以别人可能会有所误会,但其实学院的运营资金并不充足。朴教授会在春季学期找借口辞职也是意料之中的事情。但我之所以会亲自去给他送手机,或许也是一种服从于他所拥有的权威的表现吧。我关掉了那个记载着往事的网页。

我并没有跟公司的同事们提起那天有关朴教授的事情。虽说我对朴教授既没有好感也不至于反感,但思来想去觉得这样做才比较合乎礼仪。再说,我也不想把这么大的八卦讲给像刘组长一样喜欢在背后嚼舌根的人听。

---

① 指在签合约的时候向房东支付一定金额的保证金,除了水电煤和管理费之外,在入住期间不用再交任何费用,等期满退房时可以从房东手里拿到当初交的保证金。传贳(전세),俗称"全税"或"全租","贳"为"出租、出借"的意思。

特别喜欢在我面前摆领导架子的刘组长上面，还有不知道为什么会有这种职务头衔的朴理事、尹次长、金部长等人。记者出身的朴理事是我们学院的招牌或"挂名老板"①。而尹次长则是朴理事在报社工作时的后辈，当初随着朴理事一同来到学院工作，在学院里的实际职责就是当好朴理事的"朋友"。在我看来，朴理事和尹次长的工作也就是聊聊股票或政治，下下围棋，或者当有影响力的客人偶尔来访时，弯着腰把自己的名片递给对方而已。

真正掌握实权的人是金部长。他对学院的具体工作做出决定后向DM总公司进行汇报，然后再向下级下达工作指示，是掌握学院主导权的人。学院内部虽然还有营销组和财会组等部门，但大部分工作都可以看作是金部长和刘组长在负责。虽然这种职位体系的确有些畸形，但对于小规模的组织来说，倒也没有什么大问题。身为总公司的DM集团更关注于食品及电影产业等集团的主营业务，而钻石学院则像是他们意外产下的异种。

* * *

无论是哪家教育机构，春季学期都是最繁忙的时候。这主要是

---

① 不参与公司实际经营的名义上的老板。

因为年初时产生的心理紧张感，再加上过完"三一节"①的第二天，小、初、高、大学统一开学。钻石学院也是如此。在年初的斗志尚未消退的三月，想要来学些东西的学生的数量大幅上升。学院进行全面改组的时期也在三月。听说总部暂时不会派遣人员到学院来，所以我在心里期待着自己会转正，就此成为学院的正式员工。就这样，我怀着喜忧参半的心情过了好几天。

我来学院实习已经有九个多月了，这段时间也算是没耍小聪明，一直在认认真真地做事情。其实，就算成为正式员工也和现在没什么太大的不同。四大保险②，比现在稍高一点儿的工资，还有被视为理所当然的夜间加班在等着我，所以成为正式员工也不能说一定会比现在好。而且，我从来都没把学院当成我的终点站，DM总公司的内容开发组才是我一直梦寐以求的地方。对我来说，成为学院的正式员工充其量只是次选中的次选。即便如此，要是真的收到转正提议的话，我该怎么回答呢？

"再招一名实习生吧。"

金部长的这句话一下子便把我多余的担心一扫而空。

---

① 每年的三月一日，韩国为纪念"三一运动"设立的节日。"三一运动"是韩国近现代史上全民性的反日救国运动。
② 在韩国，企业会给正式员工缴纳四大保险，分别是国民年金、健康保险、雇佣保险和产灾保险。

"实习生的招聘公告就由智慧来写吧。"

随着刘组长说的这句话，我又多了一件琐碎的工作。

我在几个招聘求职网站上写了几句简短的话："招聘实习生，事务职，时薪面议，应聘总公司时可优先录用。"其中"时薪面议"的可能性及"应聘总公司时可优先录用"当然只是出于"礼貌"才写上去的。就像"有空一起吃饭吧"这种话一样，明知道不会真的去照做，但出于礼貌还是要说出来做做样子。金部长和刘组长就这次实习生招聘的竞争率会是多少打了个赌。我被录用为实习生的那次，竞争率竟然达到了57：1。就为了每天复印资料和摆放椅子而击败了56名竞争者的事实并没有让我感到自豪。被他们不断追问"你觉得会有多少人来应聘"之类的问题后，我只能勉强地回答"我也不太清楚，最多也就60名左右吧"，结果被他们训了一顿。

经过一周的招募后，报名人数达到了84名。当初预测会有80名来报名的刘组长以最接近结果的数字赢得了赌约，所以她硬是从我这里收走了1万韩元的赌注。

面试当天，金部长突然有事不在公司。而尹次长和朴理事又不会去面试区区一个实习生的职位，所以刘组长只能自己一个人去主持面试。

"这样我们公司显得多没面子啊。怎么说也是DM子公司的面试，怎么能搞得像是一个咖啡馆兼职的面试一样，就让我一个人去面试呢？"

刘组长发了好一会儿脾气之后不情愿地看向了我。

"要不要跟我一起去？"

我沉默片刻之后，马上回答"好的"。在这里，我和刘组长之间相互作用的方式就是如此。只要她提议，我就得点头表示同意。

和应聘者以后要做的工作相比，面试是在显得过于严肃、专制的氛围下进行的。那是因为空旷的教室里只有几把椅子，而面试官和面试者的座位又离得太远。我和刘组长并排坐在布置得像面试场所一样的会议室里，呆呆地转动着圆珠笔。

"你只管坐着就行，我来负责面试。你就适当地摆出一副高冷的样子就行。"

刘组长双臂交叉在胸前，身体靠在椅背上。她时不时地打哈欠，而且没用手捂住嘴，所以每次从她嘴里散发出的怪味都能传到我的位置来。我微微挺胸，再挺直了腰板，然后跷起了二郎腿。

真好，原来是这种感觉啊。

那个位置是可以双臂交叉在胸前的位置。坐上了那个位置，便可以跷着二郎腿，手机突然响起的时候也可以从容地说声"请稍等"后当场接电话。来面试的人肯定会认为坐在这个位子上的是手握大权的人。哪怕只是个不起眼的学院实习生的面试，坐在这个位置也同样意味着拥有决定权。这是只有拥有一定的阅历和时间积累后才能坐上去的位置，但我只是为了充数才像个道具一样坐在这里。就算不是我，换作一个破旧的熊玩偶坐在这里，说不定也没什么两样。

我在心里埋怨着不在场的金部长，并按照刘组长那过于追求细节的指示"做出了适当高冷的表情"，等待着前来面试的应聘者。

应聘者的职业群体十分多样。其中大学生、休学中的学生，以及休学后重新复学的学生最多。除此之外，还有准备成为网络漫画家的人、前职保镖、想要赚外快的话剧演员……他们各自出于不同的原因而感到迫切，同时又出于不同的原因而做出一副不冷不热的样子。而且他们就好像在反证自己已经很长时间没有融入所谓的主流世界似的，一个个眼睛下方都带着重重的黑眼圈。我之所以不认为这只是个偶然的巧合，是因为他们的样子简直就像是一个模子刻出来的，以至于我都感到有点儿心虚，心想着自己的脸是不是也是这样，甚至想拿个镜子照照，当场确认一下。面试完32名应聘者后，午休时间到了。

刘组长一边打着长长的哈欠一边嘀咕道："这世上怎么会有这么多有文化的无业游民啊？"

"有文化的无业游民"是刘组长十分爱用的词汇。她说这是把那些本应该被叫作"剩余"的人抬高了一个层次的说法。刘组长经常说这个社会有太多人想要从事音乐、文学、美术、电影等领域的工作，并愤怒地斥责就是这些有文化的无业游民在不断地侵蚀着社会的根基。文化也好，学问也好，归根结底都是内容。因此，如果不盈利就不能称之为文化。虽然我知道不仅只有刘组长一个人会这么想，但不知道为什么竟感到有些透不过气来。刘组长提议中午一起点炸酱面来吃，然而我对她摇了摇头。

"不好意思，我中午得出去吃，有朋友到附近来找我了。"

"啊，是郑辰先生吧？改天你带他过来吧。他来这儿报名上课的话，我肯定给他内部职员的优惠价。话说你们俩现在是不是也该试着交往看看啦？"

我没说话，朝她微微一笑后便走出了公司大楼。

* * *

我在附近的便利店里买了香蕉、三角饭团和草莓牛奶。我拎着塑料袋，在大楼后面错综复杂的巷子里走了好一会儿。当我看到目的地——一栋老旧的住宅楼时，渐渐放慢了脚步。不知道是不是肺活量变大了，明明吸进去的空气并不多，却一直在长长地呼气。

虽然这栋住宅楼是很久之前建成的"千户小区"[①]里的居民住宅

[①] 规模为千户以上的大型城市住宅小区。

楼,但它被之前席卷这一片区域的再开发热潮排除在外。小区居民们或许会对此感到遗憾,但我更喜欢走在岁月痕迹历历在目的、既冷清又让人感到亲切的小区里。小区的后面有一条步行道,沿着这条小路走下去便能看到一块圆形的空地。而在空地的上方,则有好几层石阶像俯瞰舞台的观众席一样呈半圆状围住空地。如果好好加以利用,应该还能在这里举办小剧场演出,但人们似乎只把它看作一处毫无用处的空地而已。

我坐在台阶上喝了一口草莓牛奶。每当郑辰先生到学院来找我的时候,我基本都会来这个地方。对学院的同事们,我就说要去和郑辰先生一起吃饭或喝杯茶。事实上,这种事情一次都没有发生过,并且以后也绝对不会发生。我不需要花任何心思在郑辰先生身上,因为我的好朋友郑辰先生并不是一个真实存在的人物。

之所以编造出郑辰先生这个人,只是为了在这烦闷的都市生活中有一个喘息的机会。每次都和相同的人一起吃饭真的是一件令人窒息的事情。每天一到中午,就会有"你要吃什么?""我随便""今天吃炸猪排怎么样?""好啊""我们吃炸酱面吧?""好的"诸如此类的对话。起身主动给大家铺上餐巾纸,在上面摆放勺子和筷子,然后给所有人倒上水。一想到大家也都和我一样,便不会觉得有多难耐,即便如此,我偶尔也会需要一个藏身之处。

所以有一天我就跟同事们说,有个朋友来找我一起吃饭。这种情况反复发生了几次之后,他们便开始好奇我这个朋友的性别,后来我又不得不编出他的姓名和年龄。就这样,带有真实姓名的我的假朋友——郑辰先生诞生了。有几次见我回答时有些支支吾吾的,刘组长竟然就说郑辰先生喜欢我,最后直接把我和郑辰先生之间的关系认定为"暧昧关系"。因为嫌麻烦所以一直没解释,但感觉照这架势,再过一段时间她甚至可能会让我们赶紧结婚。所以,在关系更进一步之前,我也许需要和郑辰先生做一个了结。想着自己竟然还得为这种事情刻意编个剧情,我便扑哧一声笑了出来。和根本不存在的人玩暧昧、谈恋爱、分手……郑辰先生,我真的不是故意的,我也没想到事情竟然会走到这一步,真心跟你说声抱歉。小声这么一说,竟然真有了一丝歉意。但是,我感到抱歉的对象又是谁呢?要是真的有像郑辰先生一样随时都能依靠,而且在一起时会让我感到很舒服的人就好了。

我狼吞虎咽地吃完了香蕉和三角饭团。虽然一开始并没有打算吃饭,但为了平息像烦人的闹钟一样,一到时间就会找上门来的饥饿感,多少也得吃一点儿。作为饭后甜点,我走在步行道上尽情地呼吸着新鲜空气,然后咧着嘴用低沉的声音发出长长的一声"呃啊啊啊啊啊啊"。这是我排出体内的毒素及活性氧的独门秘诀,除了偶尔被别人撞见时有点儿尴尬之外,这方法还挺不错的。

上午面试时,自己像个闷葫芦一样一声不吭的样子让我有些耿耿于怀。就算是假的，但既然拥有了面试官的权力，就该稍微摆出点面试官的架子来。所以我决定下午一定要问应聘者这个问题——

"请问你想到钻石学院来实习的最终目的是什么？"

如果我有真正的决定权，那我百分之两百会录取回答"难道您认为我是为了一辈子在这里工作才想来这儿实习的吗？这里只不过是我人生经停的一个车站而已"的人，甚至还会额外给他发奖金。

我再次走向面试场所。门微微开着，"真的没有一个人看起来能胜任这份工作。"屋里传来了刘组长抱怨的声音。一开门，我便看到金部长坐在里面。今早还说可能会晚点到，看来事情提早结束了。

"啊，辛苦你了，智慧。既然金部长已经回来了，接下来由我们两个人来面试就行了。"

刘组长简单说完后就开始翻起资料。我弯腰鞠了个躬，便转身离开了。与此同时，背后突然传来了让我复印下节课资料的刘组长的指示。

我又开始复印起了资料。我在这个学院的作用是什么呢？复印机里的墨粉？还是像螺丝这样的零件？忽然听到一个纤细的女声，我便抬起头看向了她。一看就知道她是个诚实、能干的女大学生。她那兔子般的眼睛瞪得圆圆的，小心翼翼并十分有礼貌地问道："请问面试场所在哪里？"我用手指向了面试地点。她匆忙走过去的样子让我联想到了青春的活力。我想起了刚才在简历里看到的她的个人履历。对于这份工作来说，她的履历已经十分完美，但或许太过完美会成为一个缺点，使她最终无法在这里工作。

总之，今天是周五。下班后，我在超市里买了几罐促销价为900韩元的罐装啤酒，回到了家。在元洲老家的父母以为我住在五层联排住宅楼的顶楼，一间舒适的小屋里。上大学的时候，我的确住过那种房子。但是随着时间的流逝，好像在象征着什么似的，我住的楼层变得越来越矮，不知不觉间，如今已经住到了半地下室。不过幸好不是住在巴掌大的"考试院"①，而且目前还处在地上和地下之间，并没有完全沦落到地下，这或许也算是一种希望吧。父母忙于草莓农场的工作，基本没有时间来首尔。有时候，我也会想象妈妈突然来首尔看我，但幸好这种想象目前还没有变成现实。

我打开一罐啤酒，然后打开了电视，打算看下综艺节目。艺人们正互相打着赌，猜大家能做几个引体向上，紧接着就开始用肢体动作来引人发笑。我边喝啤酒，边看他们耍宝。八个月之后月租合同就要到期的事实突然闪现在我的脑海里，房东声称下次要涨房租。

我突然想到自己得在非常短的时间内解决某件事，也就是说我得尽快找到自己人生的答案。我喝了一口啤酒含在嘴里，然后把酒和从

---

① 一种格局较小的廉价出租屋，通常只容得下一张单人床、一张桌子和一把椅子。

喉咙下方深处涌上来的不安一并吞了下去。有一个艺人正在讲述关于自己生意失败的经历,以及天天对自己发牢骚的老婆的故事,惹得大家又哭又笑。此刻,首尔的夜景肯定已经变得十分华丽。对于那些住在高处的人来说,他们站在窗前肯定能看到那种美景,只不过每个人通过自家窗口所看到的景象有些不同而已。

为了查看时间,我拿起了手机。黑色的手机屏幕上正映着我的脸。脸颊微红、醉眼惺忪的我正在微笑。据说微笑能使大脑跳舞,不论是真笑还是假笑,只要一笑,大脑就会分泌一种叫作多巴胺的能使人开心的荷尔蒙。这辈子都不会有机会遇到的艺人的私生活让我笑了出来。一阵捧腹大笑之后,我想自己应该能够再坚持一会儿,至少应该能再撑过去一天。

4. 最低限度的劳动者

"星期一综合征"的症状十分多样。对于我来说,一到周一我的眼睛就会异常浮肿。即使前一天没有喝酒,但只要一到周一早上,我的眼睛就会肿得睁不开。我戴上一副眼镜后走出了家门。我喜欢戴眼镜,因为它能隐藏很多东西,不论是表情、眼泪,还是浮肿的眼睛,只要戴上厚镜框的眼镜就基本不会被别人发现。

我急忙收拾完之后赶去了公司,但最终还是迟到了四分钟。一出电梯我便听到从办公室里传来的刺耳的嘈杂声。轻轻地一推开门,我便看到了一个比别人高一头的陌生男子的背影。在熟悉的声音中,我隐约听到了一个浑厚的陌生男人的声音。

"哟,智慧,你来啦。"

不知道今天吹的是什么风,刘组长的声音竟然听起来如此甜美。如果要在乐谱上做出标记的话,那个语调肯定是cantabile(如歌的），就是温柔的、如同唱歌一样的感觉。换作平时，她早就开始数落我了，但现在她看起来丝毫不在意我迟到的事情。

刘组长继续用高音调欢快地说道："对了，先来打个招呼吧。这是新来的实习生。"

"我是李奎玉，很高兴认识你。"

那个男人转身后恭顺地低头鞠了个躬。他身材高大，而且穿着严重起球的厚厚的白色夹克衫，就好像是一个北极熊在跟我打招呼一样。我也稍微弯了弯腰。为了不让他看到我浮肿的眼睛，我不断把已经低下的头再往下低，不知不觉竟变成了90度鞠躬。

"你不用这么客气。"站在我面前的"北极熊"厚着脸皮说道。

紧接着刘组长便咯咯笑着说道："你怎么这么皮啊，连我都觉得有点儿不好意思了。"

"这下你们彼此之间也没那么生疏了吧。话说你们两个人是同岁，以后就好好相处吧。看到你们两个站在一起，我心里都觉得踏实多了！"

刘组长就像一个刚得到滑冰装备的小孩子一样说道，然后紧接着就让我带新同事熟悉一下业务。

"请跟我来。"我对"北极熊"说完，便先走出了办公室。

其实也没什么可介绍的，我只需要带他在大楼转一圈的同时，告诉他如何采购备用品、听课费的办理及退款规定等以后要在办公室里做的事情就行。我告诉他净水器的位置,用手指了指自动售货机在哪里,把每间教室的门都打开让他看了一遍,还有就是至关重要的复印机。我把复印的美学和技巧认真地讲给他听,但"北极熊"只是敷衍地点了点头,好像在说这种事情他都会做似的。最后,我向他说明了公司给予实习生的专属福利。

"实习生可以免费上一门课。你考虑一下,然后把你喜欢的课程的名字告诉我就行。"

"这个嘛,我得再考虑考虑。你选的是哪门课?""北极熊"亲切地问道。

"我没选。既没时间,也没什么感兴趣的课。"

"总之,很高兴能和你一起工作。对了,你叫……?"

"金智慧。"

"你好,智慧。这个名字真好听。我们来握个手吧。"

我的嘴角不禁抽动了一下,好像还是头一回听到有人说我的名字好听。再说突然握什么手啊?我上一次和在工作中认识的人握手是什么时候来着?不对,我和别人握过手吗?我这才正面看向了站在我面前的这个男人。眼神看起来倒是挺善良的……慢着,这张脸我分明在哪里见过。是谁呢?就在我绞尽脑汁地试图回想起这个男人时,他伸出了手。那一瞬间,我看到了刻在他手背上的星形文身。他就是我之前在咖啡馆里遇见的那个男人,就是那个让朴教授当众丢脸,然后在地铁里坐在我旁边解字谜的胡子拉碴、戴着眼镜的男人。没了胡子和眼镜的他正在笑着等我回握他早已伸出的手。

※ ※ ※

奎玉的出现的确使我的工作减轻了不少。他能轻而易举地举起沉重的矿泉水桶，而且每当刘组长要做什么事情，他都会急忙赶过去抢着帮她做。他不仅有眼力见儿，还善于交际，所以上级都很喜欢他。刘组长跟我说话的时候，话中带刺的次数也减少了些。他为人随和又有礼貌，工作态度也很积极。我不认为他仅仅是因为自己是个新人而故作此状，因为他的态度显得十分自然又很爽快。

然而，他也有很奇怪的地方。虽然他看似对所有人都很亲切、爽快，但我会时不时地从他身上感受到难以言说的距离感，就好像他的周围包裹着一层绝对无法穿透的透明薄膜似的。正因为那层膜，我甚至都无法知道他的外表和内在到底有何不同。他一向保持着充满活力的态度，而那豪爽的笑声很难让人怀疑到底是不是出自真心的，还有他那凝视着对方的深邃的目光，以及认真倾听的态度。尽管如此，我发现他不经常参加聚餐，喜欢向别人提问，但一谈到自己的事情就会用简单的几句话带过，然后熟练地转移话题。他的巧妙之处就在于，他可以轻而易举地转移人们放在他身上的注意力，而且还完全不会让人有所察觉。如果不仔细观察的话，根本就察觉不到。如果没有朴教授那件事，我也肯定不会留意观察他。

在好奇心的驱使下，我查看了奎玉的简历。他的简历十分简单。他毕业于J大学的哲学系，除此之外并没有任何拿得出手的经历。我叹了口气。勉强考进首尔某大学的哲学系，这跟从二十岁开始就预约以后要当无业游民没什么两样。

"来这里工作，履历有什么重要的？最重要的是给人的印象。那些明明经历很丰富却说要把自己的青春献给这里的人明显就是在说谎，所以我把他们都刷下去了。"

我悄悄地问刘组长奎玉过往的经历，她便开始兴奋地说了起来。我越过放在桌上的镜子看到了刘组长的脸。一边用牙线钩出夹在牙缝里的食物残渣，一边还能说那么多话的刘组长的样子，无论什么时候看，我都觉得无比神奇。

"你该不会是对他有意思才问我这些吧？虽然奎玉性格很好，仔细一看长得还挺有魅力的，但是智慧，作为前辈、作为姐姐，我还是得好好劝劝你。恋爱也是一种投资，你还是找一个能让你过上更好一点儿生活的人吧。"

听到刘组长的这番话，我"呸"的一声把嘴里混着牙膏的唾沫吐了出来。即便她说的是事实，但我们真的可以把人际关系当成证券投资来谈论吗？

"还有,智慧你该好好打扮打扮了。我本来想跟你说,你这年纪可正是女人最美的时候,但一看到你的脸,我实在是说不出这句话来。我不是说你外表或着装怎么样,只是觉得太可惜了。如果你现在一点儿都不打扮自己的话,以后回过头来看,你会发现这就是在糟践自己的青春。"

我瞬间感到怒气涌上了心头,但一看到镜子里自己的脸,我竟不自觉地点了点头。乱蓬蓬的头发,滑到鼻尖的红色塑料眼镜,毫无光泽的脸,加上呆滞无神的眼睛,我也觉得这不是一个前程似锦的年轻人的面孔。我朝着像是从棺材里蹦出来的毫无血色的女人无力地眨了眨眼睛。

从办公室里出来,刚到走廊我便看到奎玉正跪在地上擦着插座和电线。

"这种地方也要偶尔擦一擦。因为只有这样它们才会有种被爱的感觉。"

有时候,奎玉会十分积极主动地做一些完全没有必要的琐事。

"小心触电。"

我毫无表情地回应他那张笑脸,随后便移开了脚步。我不是担心他,只是不希望他因为自己没事找事而发生意外。我问奎玉为什么非要这么努力,结果他回答道,自己只是在坚守在面试中说的"一定会努力工作"的承诺。如果不这样做的话,事情就会堆积起来,以后势必会给别人，例如公司的保洁阿姨们带来不便。虽然不知道他这是出于正义感，还是在装模作样，但如今都已经过了两周，奎玉那积极的态度依然没有发生任何变化，以至于现在所有人对他都是一致好评，连以背地里说别人坏话为职场乐趣的金部长竟然也对奎玉赞不绝口。

我并不喜欢他的"愚蠢"。做事要懂得适当，更确切地来说，应该根据自己的分寸来做事，要根据所规定的工作时间及薪资做出与之相等的工作。因此，对于我们这些工资勉强超过最低薪资的非正式员工来说，工作应该是小伎俩、眼力见儿、要领三要素达到相对均衡的最低限度的劳动。只有这样才不会被过分利用，不会理所当然地被人剥削，做到差不多的程度后就可以收手。一直表现不好的人突然做好一件事可能会被表扬，但一直表现优秀的人一旦出现失误就会被骂得狗血喷头。要懂得根据自己的分寸做事，即便是能做的事情，有时也要装作不会来避开它；即便觉得麻烦，也要偶尔制造出让自己挨批评的情况，好让上司体验一下高人一等的快感。当别人对你的最终评价是"做得还算可以吧。虽然有时做事挺冒失的，但还是能看出他是有发展的可能性的"这种程度的话就足够了。这就是在工作的同时能够保护自己的方法，尤其适用于与巨大的成就感或极高的年薪，以及自我价值的实现相差甚远的工作。我为什么会有这种想法？是因为我这个人太世故了，还是因为我是个没有梦想的人？

每当我看到对工作充满热情的奎玉时，我都会习惯性地想起那天在咖啡馆里发生的事情。每当这时，我都会感到有些不快，因为这件事明明跟我毫不相干，我却只要一想起它就会提心吊胆。他那天在咖啡馆里大声呵斥朴教授的样子和现在这种笑嘻嘻地主动干活的样子，真的很难让人联想到一起。我曾想过他来这里实习会不会是因为朴教授，但这学期并没有朴教授的课，在咖啡馆里发生那件事之后不久，他就到国外开始了他的长期旅行。所以奎玉和朴教授碰面，或者在学院里发生争执的可能性基本不存在。

  如果我是正式员工的话，肯定会把朴教授和奎玉那天发生的事情告诉刘组长。但是我的确有理由不去那么做，因为我在这里只是个局外人。没必要知道别人的秘密，也没必要为了改善环境而做出努力的局外人。这就是我。因此，我没必要卷进对自己没有任何利益和损失的事情。

5. 椅子们

　　一个接近傍晚的下午，黄沙和微尘挡住了春天的阳光，整个大气就好似染上了一层令人不快的朱红色。那是一个让人备感疲惫、无比漫长的下午。所有人都因公务外出，办公室里就只剩下我和奎玉。因为现在正好没有课，所以学院里一片寂静。我们俩沉浸在各自的世界里，保持着沉默。突然，一位中年男子开门走进来，引起了我们的注意。他称自己来这里是为了报朴昌植教授的课。

　　"这个学期没有朴昌植教授的课。"

　　"那下个学期呢？"

　　"目前还不能确定，这得到秋季学期才能知道。"

　　我有礼貌地结束了这场对话。那个男人失望地点了点头，然后慢吞吞地往外走，以此结束了自己的角色。但是他留下的"朴昌植教授"这个词依旧盘绕在我和奎玉之间。我小心翼翼地看向了奎玉。他一手托着腮，正在盯着手机看。托着腮的手挡住了他的脸，所以我看不到他的表情。我感觉自己得说点什么。"咳咳"，我干咳了一声，但他并没有反应。我该说点什么才好呢？

"你还没决定要听哪门课吗？"

"还在考虑当中。"

奎玉淡淡地回答后，便反问道："你有什么可推荐的课吗？"

太好了！本来都没打算问，但他竟然自己就上钩了。我舔了舔上嘴唇。

"有是有，不过太可惜了。朴昌植教授的讲座可是我们学院最受欢迎的课程，要是奎玉你也能有机会上他的课就好了。"

话说到这份上已经算得上是很直白了，现在该看看奎玉的表情了。但是，咦？他的表情竟然没有丝毫变化。

"是这样啊。那以后应该还会有机会吧。"

随后便朝我莞尔一笑。

据说测谎仪会通过皮肤电反应由说谎时从指尖渗出的汗判断话的真假，但看他这副表情，我都怀疑他的指尖会不会真的出汗。因为，他此刻的表情仿佛在说自己从来都没听过朴昌植教授这么一个人。

"我们去整理椅子吧。"

奎玉在恰到好处的时机结束了这个话题。

教室里的椅子像往常一样正乱七八糟地散落在四处。我眯了一会儿眼睛，奇怪却熟悉的感觉涌上了心头。要想打消这种想法，就得让身体动起来。就在我迈开脚步要去整理椅子的瞬间，从身后传来了奎玉的声音。

"你刚刚怎么了？"

"什么？"

"没什么，我就是有点儿好奇，你刚才为什么突然顿了一下。"

真是独特的好奇心，我第一次听人问起这种太过琐碎而显得有些奇怪的问题。

"因为阳光。我讨厌这个时间段的阳光，这阳光意味着太阳正开始慢慢落下，意味着我的一天又这样毫无意义地过去了。我从小就不喜欢这个时间段的阳光。我说完了。来，我们开始整理吧。"

为了能以稍微明朗的方式结束这一话题，我说"来"的同时夸张地拍了一下双手。与夸张的动作相比，小到离谱的掌声伴着风尴尬地响了起来。奎玉却双手抱臂，背靠在墙上一动不动地站着。他就这样站了一会儿，随后便看着某处向我勾了勾手指。

"你能到这边来吗？来这里看看。"

"看什么？"

奎玉的手指向空荡荡的教室中央。我走到他身边，像一个正在被罚站的小学生一样背贴着墙，一脸不高兴地看着前方。眼前是我无比熟悉的下课后杂乱的教室，就像放学后的学校一样，只是一片令人乏味的情景。让我看这个干吗?

"看了,然后呢?"

奎玉指向乱七八糟地散落在四处的椅子。

"智慧你每天都会整理好几遍椅子吧。但看到这些椅子的时候,你会想到什么呢?"

"想赶快把它们整理好?"

奎玉点了点头,微微咂舌,一副为我说的话感到遗憾的样子。他的表情让我感到有些不快。

"一般来说,当人点头的时候会说声'嗯',而咂舌的时候会摇头,对吧? 但是奎玉你这又点头又咂舌的,是什么意思啊?"

奎玉将自己的双臂从胸前放下,慢慢挪动了脚步。

"我的意思是,可以理解但并不同意你的话。"

这又是什么谬论?

"就工作来说,你刚才的回答理所当然是可以理解的。如果只把它们当成工作,那这些椅子的确是'我们应该整理的椅子'。"

"是啊。"

"但让我们从不同的角度来想想,椅子的功能是什么呢?"

"当然是用来坐的呗,总不能用来吃吧。"

"没错,它们是用来坐的。只要支付了听课费,任何人都可以坐到这里来听课。但是那前面的椅子又如何呢?"

他指向了摆在最前方的教师专用椅。与为学生准备的铁制折叠椅不同，教师专用椅是带有古典装饰的高级古董椅。就好像在象征什么似的，每个教室里的最前方都摆有一张这样的椅子。

"只有成为讲师才能坐在那张椅子上。要么学了很多东西，或者成为某领域的专家，要么有十分出色的工作经历，才有资格坐上那张椅子。"

我想着之前坐在这张椅子上装了几个小时的面试官的记忆说道。奎玉摸了摸自己的下巴。

"我指的并不单单是这个教室里的椅子，而是想跟你讲'椅子的魔法'。当人坐在位于前方的椅子上时，就会被施上魔法，从而产生自己拥有了权力和力量的错觉。相反，当人坐在摆放在一起的无数个相同的椅子上时，便会被施上魔法，从而成为无力的大众，只能对坐在前方的人所说的话点头表示认同。也就是说，大家都会忘记椅子就只是椅子而已的事实。"

奎玉说完便朝我眨了一下眼睛。他不会说完这番奇怪的话之后觉得自己很帅吧？我不由自主地把心里所想的表现了出来。

"喊！"

出乎意料的是，奎玉好像因为那声小小的"喊"受到了打击。他的身子哆嗦了一下，然后耸了耸肩膀。

"哎呀，看来我刚才话说得有点儿过了。对不起。"

话一说完,他便开始快速地整理起了椅子。我心想自己刚才是不是让他难堪了,觉得有点儿不好意思。奎玉突然停了下来。

"我倒是有一门想听的课。"

"是什么?"

"尤克里里课。你想和我一起去听吗?"

"尤克里里?"

我被这突如其来的提议弄得不知所措。为什么是尤克里里?那个班在我们这儿只有清一色的人文课程的学院里,只是用来凑数才开设的为数不多的音乐课程。然而对我来说,音乐这种东西平时用来欣赏就够了,更何况尤克里里对我来说是一种太过陌生的乐器。

公司会以免费课程的听课费的名义,每个月从实习生的工资里扣除一定金额。然而我从没有为这份钱感到心疼,比起每个月扣出去的钱,我更心疼为了上一门自己丝毫不感兴趣的课而浪费的时间。

"我算了一下,发现尤克里里这门课最贵。它跟其他课程相比少两个课时,但价格高出一万韩元。"

"你这个理由会不会有点儿牵强啊?"

"不会啊,我认为对待这种强制性的特权,我们应该用最聪明的方法来享受它。不然的话,就只能束手无策地被人剥削,那就等于间接同意这种不正当的事情。更何况是尤克里里啊!你来想象一下,有朝一日去夏威夷,一边跳着草裙舞①一边弹奏着尤克里里的样子。不觉得很浪漫吗?"

奎玉耸着肩笑道。每次他笑的时候都会露出洁白的牙齿,边笑边抖动肩膀,这是他的习惯。每当这时,凸起的喉结会跟着一起前后移动。虽然他看起来很天真,但我好不容易才强忍住差点儿脱口而出的这句话——"这个嘛,可能只有你一个人会这么想。"

然而,在接下来把椅子叠起来整理好的过程中我感到有点儿尴尬。我从来没那样想过,一开始觉得他说的有点儿牵强,但后来仔细一想觉得挺有道理。事到如今再去拒绝他的话,感觉我会变成一个不仅被人剥削,而且还不懂浪漫的人。整理完椅子之后,我们走到自助咖啡贩卖机前,喝了杯咖啡。奎玉提议干杯,我便不情愿地举起了纸杯。两个即使相碰也不会发出任何响声的纸杯靠在了一起,热腾腾的廉价速溶咖啡在杯中微微晃动着。

"干杯。"

他说完,我也轻声地回答道:"干杯。"

我在心里依旧提防着奎玉,但是跟之前的感觉又不太一样。自从那次碰杯之后,总有一种我们变成了某个行动的同谋的感觉,而且,不久之后这种感觉竟真的变成了事实。

---

① 又名呼拉舞,是夏威夷的特色舞蹈。

***

教室里只放着九把椅子，坐在上面的有三名小学生、两位母亲、一位五十多岁的大叔、一个三十多岁的男人，以及奎玉和我。

课前的气氛正如往常一样，大家在适当的噪声和散漫的状态下等待着讲师。我走上前去，把讲师发给我"自己可能要稍晚一点儿才能到"的消息告知了各位。然而，跟他之前所说的"迟到十分钟左右"不同，都过了二十分钟，讲师还迟迟没有出现。人们开始时不时地瞅向与这件事毫不相干的我，我后悔刚才暴露了自己是学院的工作人员的事实。

"早知道事情会变成这样，我就让奎玉你去说好了。要不然我们去教室外面等讲师吧？"

然而，坐在前排的大叔突然用生气的口吻问道："喂，到底什么时候来啊？待会儿会按照迟到的时间给我们补偿吗？"我们因此便错过了走出教室的时机。就在这时，门开了，满脸是汗的讲师出现在我们面前。第一节课就迟到了四十分钟。讲师顶着一张浮肿的脸辩解道："路上堵车太严重了。"但他每一开口就会散发出一股刺鼻的酒气。

大约在十年前，有一部收视率很高的人气青春偶像剧。这部电视剧的原声带也跟着火了起来，而这位讲师就是担任那首原声带的作曲及弹奏的独立双人混声组合的成员之一。他弹奏尤克里里，另一个女性成员演奏口风琴，他们是一个演唱童话般美丽的歌曲的组合。但随着女性成员结婚，然后自然而然地退出组合，他便失去了创作的动力，现在的他只是一个迈入中年门槛的被遗忘的艺术家而已。相比曾流行一时的歌曲，他之后的经历显得不堪入目，而现在根本就没有多少版权费，这种微薄的讲课费就是他的全部收入。

很遗憾的是，这位宿醉中的昔日的艺术家，最终选择了那些没准备好授课内容的讲师惯用的下流伎俩。也就是以新生入学指导为借口，用自我介绍及一些毫无意义的话来应付第一堂课的典型的敷衍手法。其实，我之前之所以迟迟没有在这里上课，就是因为不想在自我介绍的过程中暴露真实的自己。在自我介绍的时候，我总是会显得很落魄，即使别人不这样想，我自己也会有这种感觉。

我实在不明白，为什么大家在一个集体里学某样东西的时候，一定要先自我介绍呢？其中最可怕的记忆，是我成为三十岁的今年年初在游泳馆里发生的事情。为了躲避第一天上课时老师会让大家做的自我介绍，我刻意过了三天才去上课。可是偏偏这么不巧，我刚进到水里讲师就说道："来，想必这几天大家已经互相认识了，那今天我们就来正式地做一次自我介绍吧。每个人来说一下自己的姓名、年龄和职业吧。"令人惊讶的是，只有我一个人显得一副不情愿的样子。人们若无其事地依次说起了自己的名字、年龄和职业。在例如"我今年二十一岁,几个月后就要开始上大学了""我今年二十三岁,刚退伍没多久,想通过游泳来塑身"这类话面前,我实在没法儿说出自己是个刚刚年过三十的无业游民。最终还是轮到了我,"今年二十六岁,刚入职某企业"这句意想不到的话竟然从我口中蹦了出来。

做完自我介绍之后,在剩下的四十五分钟里,二十个人戴着泳镜,手抓着墙不断用脚拍打水面。我怎么想也觉得我们并没有任何理由去知道彼此的年龄和职业。憋气——呼气、憋气——呼气,我不断重复着把头伸进水里再出来的动作,心里却在担心在学好游泳之前,我这个二十六岁的新入职员工的身份能否一直不被揭穿。

然而,这份担忧并没有持续多久。那天下课后在更衣室穿衣服的时候,有人向我走过来,并跟我说自己有个同学跟我在同一个公司上班。我半裸着身子,吞吞吐吐地答道:"是嘛。"我满脑子都在想,在她问起部门和职责之前我得赶紧跑。匆忙穿完衣服,正当我要走出去的时候,有个东西啪嗒一声掉了下来。还没来得及从储物柜里拿出来的书掉在了地上。偏偏书名竟然是《你一定能被录取,面试达人!》。总之,都怪那讨厌的自我介绍,之前列为新年计划的"学会游泳"终究还是泡汤了,而我的第一堂游泳课也就成了最后一堂课。

在我回想那段有关自我介绍的不堪往事时,三名小学生按照相同的节奏介绍完了自己是哪所小学几年几班的某某。讲师正坐在椅子上擦拭脖子上的汗,表情看起来比刚才从容了许多。小学生的母亲们也分别介绍了自己是谁的妈妈。讲师面带微笑,表示非常满意。可能是学员当中没人提出异议,顺利地依次进行自我介绍的缘故,讲师瑟瑟发抖的腿逐渐恢复了平静,他十分自然地跷起了二郎腿,双手十指交叉着放在了腿上。

那两位母亲以特有的亲和力说了许久。一位带着一对兄妹来听课的母亲说明了来此上课是为了培养子女的文化素养和乐感,她还说:"现在的小孩子连一种乐器都不会的话,可是到哪里都会被孤立的。"另一位看起来有些忧郁的母亲一边抚摸着长得酷似自己的乖巧的儿子的头,用快要哭了的语气颤抖地开了口。她说:"孩子想学吉他,但因为家里负担不起,所以最终选择了不论是个头还是价格都比较适中的尤克里里。我也借这个机会和孩子一起来学,想通过学一门乐器来寻找忘却已久的人生意义。"她甚至向大家倾诉起了"和工作忙碌的丈夫生活在一起的我独自把孩子带大,如今孩子都已经上了小学,突然怀疑起自己是否应该继续这样活下去"之类的人生烦恼。讲师好似变成了心理咨询师一般,用深邃的目光看着她连连点头。

奎玉瞥了我一眼,低声说道:"你是不是在想待会儿要说什么?"

"没有,我只是在后悔。我最讨厌做自我介绍了。"

"后悔也来不及咯,你待会儿还是得介绍自己呢。"

奎玉的语气像是在故意惹我生气似的。也许是因为两位母亲以过于冗长的自我介绍开了个头,所以在那之后,五十多岁的大叔和三十多岁的男人的自我介绍也十分真诚恳切,以至于过了二十分钟左右才轮到我。

当大家终于把目光投向我时,我用生硬的语气快速说道:"我是金智慧,目前在这家学院做兼职。因为想要培养一个新的兴趣爱好,所以才报的这个班。"

我怕如果我说自己是实习生可能还要附加一堆不必要的解释,所以就说自己只是个兼职。教室里沉寂了片刻。看来大家都以为我还有话要说,所以,我最后补充了一句:

"我说完了。"

"好的。"

讲师挠了挠眉毛,似乎是不太满意。怎么能是"好的"呢?难道有比这更准确的自我介绍吗?他的表情看起来好像在庆幸幸亏第一个做自我介绍的不是我。毕竟如果我是第一个,说不定其他人也会跟着用简短的几句话来介绍自己,从而导致这个环节很快就会结束。奎玉紧接着开始介绍自己。

"我是李奎玉。我和智慧一样也在这里工作。因为有一个免费听课的机会,所以经过一番考虑之后选择了这门课。"

"免费？"讲师用疑惑的眼神看着奎玉反问道。

我急忙解释道："兼职可以免费上一门课。"

讲师那晃动的眼神仿佛是在计算本身也没有多少的听课费乘以n分之一是多少。

"当然，我从以前开始就对尤克里里挺感兴趣的。虽说它长得像个玩具，但弹起来声音倒挺大的。"

"像个玩具？尤克里里可是能弹奏出各种各样不同曲子的乐器呢。"

讲师悄悄地将双臂交叉在胸前。

奎玉挥了挥手表示自己无意引起纷争。

"不是，我不是那个意思……"

"那个，时间已经过了很久了，要不我们现在开始上课吧？"

多亏那位神情忧郁的母亲及时转移了话题，大家纷纷开始从乐器盒里拿出尤克里里。我和奎玉把学院里剩下的两把尤克里里借了过来。这把只有四根弦的乐器看起来十分小巧可爱。讲师给我们讲解了乐器的每个部位的名称、抱乐器的正确姿势、四根弦的音程等基础知识。我们每个人用拇指把四根弦依次弹了一遍，并知道了它们的音阶名分别是la、mi、do、sol。讲师说一定要背熟空弦音，并让我们大声念出la、mi、do、sol，sol、do、mi、la，AECG和GCEA。大家都开始按照他的要求念了起来。除了我之外，大家都显得很积极。

"鉴于是第一堂课,今天就上到这里。大家还有什么问题要问吗?"

讲师搓着双手,尴尬地问道。在提问的同时,他的视线却停留在挂在墙上的钟表上。现在比原定的下课时间还要早二十分钟。忧郁的母亲的儿子突然举起手向讲师提出了一个唐突的请求:

"请老师也介绍一下自己吧。"

讲师说自己没什么可介绍的,还说了个"希望大家能帮自己介绍女朋友"的冷笑话。当他看到毫无反应的小学生们及表示无语的母亲们时,便用拳头捂着嘴干咳了几声。然后他说出了自己的名字,以及以前所属的乐队的名称,并简短地弹奏了那首十年前的流行曲,可惜在座的人当中好像没有人听过这首歌。

下课后,我马上跑回办公室,上网打开了我的购物车,但还是迟了一步,昨晚订购的尤克里里显示正在配送中。几天前在电视里看到的电影《蒂凡尼的早餐》成了整件事的祸根。如果我没有看这部电影,不管是不是免费的,我都不会去上那门课,都怪包着头巾坐在窗边弹着吉他唱《Moon River》的奥黛丽·赫本的样子实在是太美了!其实,奥黛丽·赫本弹奏的不是尤克里里,而是一把迷你吉他。但因为两种乐器长得差不多,我便被想在自己家里的窗边唱一次《Moon River》的虚荣心冲昏了头脑。我忘记了我家的窗外看不到月亮,顶多能看到穿梭在道路上的行人的腿或者烟头而已。一想到要在接下来的三个月里和其他人一起上课,而且还要忍受不仅装模作样还不太靠谱的讲师,我的心情真是糟糕透了。

* * *

每周上三次的托业课相对来说平和多了。五十名学生把全部的注意力集中在认真讲解题型的讲师身上。学生们的年龄层十分多样,从大学生到看起来年过三十五岁顶着一张疲惫面孔的人们都在一起上课。学院门口贴着宏伟的标语——"为未来而奋斗的你,此刻正在超越现在的自己!"

把从学院赚来的工资的一半原封不动地交给培训机构的生活已经维持了很长一段时间。我不敢说自己学得很认真,但是托业培训班对我来说是一种保险,一种会时刻提醒自己"我不会停下来,我正在为未来奋斗,我每天都在进步"的心理保险。不过这里并没有任何事情会使我困扰。每个人都是潜在的竞争者,而且大家都忙着跟自我作斗争,所以根本不会把注意力放到其他人身上。最重要的是,在这里,大家根本不需要做自我介绍。这门课不仅比尤克里里课自在十倍,而且实用。

花费无数个周末来上课,但最终托业考试的成绩与投进去的钱相比十分惨淡。虽然我的成绩远远超过了平均值,但是想要提高几十分的愿望终究没有实现。还不如用那笔钱买些新鲜水果吃,好让我的皮肤更加白皙一些,这或许对将来找工作更有帮助。因此,我没有缴付下个月的学费。那天我格外认真地在听课,因为那是我的最后一堂课。我虔诚地上着写作课,不禁在心里感激此处的课堂氛围,因为即使我不再去上课,也不会有任何人有所察觉。

虽然感到不自在却只能选择继续上尤克里里课,说不定是出于与之相反的原因。对即便只是少了我一个人也会显得格外显眼的情况产生的负罪感,使我只能选择继续留下。

6. 颠覆、龟裂或游戏

正当小学生和他们的母亲们,以及讲师离开教室的时候,五十多岁的大叔提议道:"大人们留下来一起聚餐怎么样?"奎玉犹豫了片刻后表示同意。之前每次聚餐的时候他都不参加,看来并不是因为讨厌和大家一起喝酒。三十多岁的干瘦的男人也表示同意。我并不想参加这三个男人之间的酒局,便找了个借口推托道:"不好意思,我和朋友有约在先,就先走了。"

"什么朋友啊?是半过去式的男朋友,还是还没完全分手的爱人?"奎玉随口问道。

"怎么说呢,'未来的男友'应该更贴切一些吧。当然,这两种都不是。"

说完才发现我竟然把自己的情感隐私说了出去,内心顿时感到十分不爽。

"如果你到时候觉得无聊就过来吧!"

我无视奎玉投向我背影的视线,走出了教室。

白昼变得越来越长,明明都已经过了六点,天色却依旧没有变暗。天气倒是已经变凉。没有一丝饿意的我走向了电影院。就算再怎么穷也要每个月去电影院看一次电影或去看一次展览,然后再去餐厅吃饭,这就是我的铁则。这种程度的文化奢侈是对我自尊心的一种尊重,也是对梦想以后有一天能从事与文化相关工作的最低限度的投资。

我在两部电影之间犹豫了一会儿。其中一部讲述的是被解雇的劳动者与国营企业斗争的故事,而另一部是拥有超能力的英雄打败来自宇宙的恶棍的电影。第一部电影里有我喜欢的演员,而且听说这部作品好像具有很高的艺术性。尽管如此,我最终还是选择了后者,因为我不想晚上拖着疲惫的身体来看个电影时还要进行思考。我拿着活动期间赠送的迷你焦糖爆米花和可乐,在几乎爆满的影厅中找到我的位置后坐了下来。电影还挺好看的,当无视重力的打斗戏及可能性几乎为零的偶然巧合展现在我眼前的这段时间里,我一直在开心地吃着爆米花。

突然对其他人的表情感到好奇,我转头一看,发现大家都在嚼着爆米花或鱿鱼干,看电影看得十分投入。当我转过身来再次看向银幕的瞬间,现实世界仿佛消失了一般。在看到英雄击败反派角色从而拯救世界的大快人心的结局之前,我完美地从真实世界中抽离了出来。

电影结束后,我被拥挤的人潮挤出了电影院外,刚感觉有点儿饿的时候,正好看到眼前有一家雪浓汤①店。排队等候区挤满了人,偶尔还能听到人群中有人在用外语交谈。情侣们和家人们成群结队地等待着自己的顺序。一听我是自己来的,他们便直接把我带到了单人座上,没过多久我便喝上了热腾腾的汤。然而,即便我把一整碗汤饭吃进了肚子里,心却依然是冰冷的感觉。看了一下手表,发现已经九点多钟了。回家的路上,我一直在莫名其妙地叹着气。我走进一家便利店想买瓶罐装啤酒,但突然有些犹豫了起来。我拿起手机开始输入信息。为了让很普通的句子显得更普通一些,我改了好几次之后才按下了发送键。

——我这边结束了。你们还在聚吗?

马上就来了回复。虽然上面只显示着四个字,但一丝喜悦在我的心里蔓延了开来。

——来吧,马上!

---

① 又称先浓汤,是一道传统的韩国料理,用牛腿骨制成的汤。

他们在一家摆满黑胶唱片的小啤酒屋。我一进门便看到了那三个男人坐在一桌,除了他们并没有其他客人。奎玉朝我挥了挥手。我从冰箱里拿出一瓶啤酒,坐了过去。

　　脸颊凹陷、有着浓重的黑眼圈、长得像瘦猴儿一样的男人正在主导对话。他好像已经喝醉了,前后晃动着身体,不知道讲的是明星的八卦还是自己的故事。他像根竹子一样个头高高的,体重却看起来和我差不多,甚至可能比我还要轻。之前做自我介绍的时候,他说自己是一名电影编剧。他的名字还挺特别的,叫什么来着?我纠结了一会儿要不要问一下他写过的剧本中有没有拍成电影的。所幸他自己说出了这两个问题的答案。

　　"我的梦想就是当电影开始的时候,我的名字能出现在银幕上。编剧:橡胶人。那观众们肯定会想:'橡胶人?那是什么东西?'在流行音乐界,作曲家们使用像'新沙洞老虎''二段横踢'之类的艺名是很常见的,但电影界竟然还没跟上这种潮流。'高武仁'这个名字听起来太没特色了,但改成'胶鞋'的话又觉得有点儿奇怪,所以我决定以后就用'橡胶人①'这个名字。"

　　对了,他的名字是高武仁。听起来还真像胶鞋。

---

① 橡胶人(고무인간)、高武仁(고무인)、胶鞋(고무신),三者韩文拼写方式十分相似。

"有一部电影叫作《宇宙怪客》①,是彼得·杰克逊导演的经典之作。虽然他现在在拍《指环王》《霍比特人》之类的电影,但在我心里《宇宙怪客》才是彼得·杰克逊的代表性杰作,因为那个时候的他至少是一个不向资本妥协的真正的艺术家。"

《指环王》和《霍比特人》应该都是极其成功的票房热卖大片吧?更何况彼得·杰克逊还拍了《金刚》呢。吐槽有名的好莱坞导演,还非得称其早期的作品才是最佳代表作的这个男人的心理真是让人一目了然。吃不到葡萄就说葡萄酸,既然别人得到了自己期盼已久的东西,自己却得不到,那就要说它不好让自己心里好受一点儿。

武仁现在因为某种原因正在停笔休息当中,因为他正在准备的剧本里的主人公是尤克里里演奏家,所以才决定来学一学这门乐器。但上了一节课之后,他似乎对尤克里里这种乐器感到失望,嘟囔着要把主人公的职业改成别的。

"怎么说也是以写作为生的职业,你真了不起。"自我介绍时称自己是一个初中女生的父亲的矮胖的中年男子开口说道,"写作可不是人人都能做的事情。现在言论自由实在太受限制了,大家都在忙着从别人写的东西里揪出错误。一有帖子发布到网络论坛上,下面马上就会出现一堆纠正拼写错误的人跟帖。电视节目里人们说话的同

---

① 又译为《坏品味》,韩文译名为《고무인간의 최후》(橡胶人的最后)。

时,字幕就会显示纠正过后的正确说法。即使说成'我每天都爱死你了'最后也会被改成'我每天都非常爱你'。'爱死你'和'非常爱你'这两句话怎么会一样呢?我虽然解释不清楚,但它们俩就是不一样嘛!"

他一张口就开始喋喋不休地说个没完。

"不久之前,参加同学会的时候有人托我写一篇童年时期的回忆录,所以我打开电脑写了第一句。我刚写完'当我读国民学校①的时候',系统就自动把它改成了'当我读小学的时候'。为了把它改回'国民学校',我用尽了各种方法,但最后还是失败了。这该死的电脑,我根本就没上过'小学'啊!"

"我也有过类似的经历。以前电脑漏洞特别多的时候,我在电脑里输入'雅克·德里达',结果竟然变成了'拉链德里达'②。"

我冷不丁地一插话,大叔瞬间显得有些恼怒。

"你说拉下拉链③?"

唉,不该说出来的。

"他是一位法国哲学家,但他是在阿尔及利亚出生的。"

---

① 小学的旧称,使用于1941—1996年,1996年改为小学。
② 雅克·德里达(자크 데리다)中的"자크"又可用作"拉链"的非标准用语,在电脑中输入时系统会自动把它改成标准用语"지퍼"。
③ 拉下拉链(지퍼 내리다)与上文"拉链德里达"(지퍼 데리다)发音非常相似,拼写只差一个词。

话一说完我觉得自己更讨人嫌了。大叔的脸变得更凶悍了。

"我完全同意您刚才说的话,'非常爱'根本代替不了'爱死了'。"我如同宣誓一般举起一只手说道。

大叔咂了咂嘴,似乎不太满意。

"您女儿是初中生吧?一定很可爱吧。"

只是为了转移话题而说的话,没想到竟然让大叔笑了起来。他翻了翻手机,然后给我们看了一张照片。

照片里看起来有些高冷的初中女生和大叔凹凸不平的脸十分相像,只是少了他那种凶恶的感觉。至少看照片里的女孩儿的时候,大叔的表情显得很温暖。

"我身边只有这个孩子。从她小的时候开始,就是我给她换的尿布,也是我给她洗的澡。但现在只要我一说这种话,她就会嫌我烦。孩子她妈很忙,所以也没有其他办法。我们以前可以说是这世界上关系最亲密的父女,也是最好的朋友,但那该死的青春期毁掉了这一切。好好的孩子突然开始'咣咣'摔起了门,然后有一天又突然说要参加*Kpop Star*选秀节目,连学校和补习班都不上了。有一次我实在忍不住了,就冲她发了火,在那之后她就跟我彻底闹僵了。我无论如何都想跟她重新和好,所以才决定学一门乐器,想让她知道她的爸爸理解她、支持她。"

他滔滔不绝地讲起了自我介绍时没说出口的故事。老婆为了学舞蹈选择出国留学,所以他只能独自把孩子抚养长大。

"对了,怕你们没记住我的名字,我再跟你们说一遍。我户籍上的名字是南恩珠,但因为这个名字听起来太像女人了,所以一般就用南恩①这个名字。也许就是因为这个名字,老婆为了学肚皮舞跑去了土耳其,女儿长大后也变得和我越来越疏远了,我真成了一个被剩下的孤零零的男人了……"

大叔露出了凄凉的笑容,随后突然问起了我的名字。果然,在自我介绍的时候很少有人会记住别人的名字。我再次感受到自我介绍的无用之处并回答道:"我叫金智慧。"

"对,没错,智慧。Miss Wise(智慧小姐)!"

虽然听起来像个无聊的玩笑,但他是第一个给我起这种外号的人。我让他干脆叫我索菲亚算了,这是我的教名,意味着智慧,但在那之后南恩大叔一直叫我Miss Wise或者Wise小姐。

奎玉一直都没怎么说话,他坐在我旁边,要么对别人的话适当地做出一些回应,要么给大家倒酒,要么就对别人说的故事提问题。大家说着说着气氛变得越来越活跃,就连不醉到一定程度就绝不会开口的我也不知不觉地咯咯笑着开起了玩笑。我瘫在沙发上,心里想着要坐起来,但此时酒精已经蔓延到了身体的各个角落,我很快便进入了

---

① 韩语里"南恩"与"剩下"写法相同,都是남은。

甜美的梦乡。

＊＊＊

我在酒桌上会有突然变得异常清醒的时候,而今天让我瞬间清醒的词是"颠覆"。这个词让我感到十分生疏。颠覆,我分明听过这个词。我眯着眼假装自己没睡着,慢慢地坐了起来。奎玉正在主导对话。

"我们需要的是颠覆。不是肉眼能见的'鲍鱼',而是对价值的'颠覆'①。"

奎玉的双眼炯炯有神,身体朝着坐在对面的人微微前倾。大家以忧郁却又真挚的表情聆听着奎玉的话。

"我们来回想一下大家刚刚说过的话。如果武仁先生你当时签剧本合同的时候能更慎重一点儿,你现在就不会坐在这里聊什么明星八卦,而是忙着准备写下一部作品了。南恩大叔你平时那么忙,也就不会抽出时间来学尤克里里这种乐器,即使偶然遇到熟人也不会一起喝酒喝到这么晚都不回家。换句话来说,你们知道像我们这样聚在一起,声讨某事到这么晚的行为意味着什么吗?这意味着我们的人生并没有沿着正确的轨道行进。"

---

① 韩语里"鲍鱼"与"颠覆"写法相同,都是전복。

看来我睡着的这段时间里他们聊了不少东西，而我也猜测出了大概的内容。南恩大叔开了家餐馆，但因为某种原因不得不关门停业。而武仁是把自己写的剧本以非常少的定金卖了出去，后来它被拍成电影的时候，故事已经被改得面目全非，武仁也由这部影片的编剧变成了原作者。这件事给他带来了巨大的打击，以至于他已经连续好几个月都没能重新开始写作。

"武仁先生你之所以没有办法重新写作，不仅仅是因为作家的心理阻滞（writer's block），而是对体制的恐惧。"

"作家的什么？"

"白纸恐惧症。就是作家写不出文章来，有点儿类似于瓶颈期。"武仁平淡地回答南恩大叔的问题后，继续说道，"你说得没错。每当我看到闪烁着光标的空白电脑屏幕时身体就会僵住，那是因为我有种不管自己写什么，到最后它们都不会属于我的感觉。以前就算赚不了钱，写作也能给我带来快乐。每当我填满空白的纸张时，都会得到一种成就感。但自从那件事之后，我好几个月都写不出来一个字。我凭着'我在做自己想做的事情'这个想法撑到了现在，但事情怎么会变成现在这个样子呢？"

"那是因为掌握权力的少数人总是能够那么从容，而没有权力的大多数人根本不会去想自己能够改变某件事情。"奎玉慢慢地说道。

"那你说的颠覆是什么意思，跟那些掌握权力的人作斗争吗？

把相同处境的人都聚到一起,然后去大街上游行示威吗?可是,我连自己应该跟谁斗都搞不清楚。就算我们大家一起努力,但又能改变得了什么呢?你知道你口中的那些掌握权力的少数人手里握着的是什么吗?终究还是钱。又不是只有韩国是这样,全世界都被资本控制着,就连神也改变不了这个事实。"

南恩大叔激动得声音都劈了。奎玉抬起头看向南恩大叔。

"如果你一直这么想,那这个世界可能就会变得越来越糟糕。既然受了委屈,就要想办法解决它,而不是像现在这样干坐着抱怨这世界有多么不公平。这就是我说的颠覆。即便知道自己改变不了整个世界,却依然坚信当自己面对任何一种不当行为的时候,可以当面严厉地谴责它。我说的就是这种对价值的颠覆。"

"那个……"

我一开口,全场瞬间变得鸦雀无声。

"像奎玉你这么努力工作的人说出这种话,我倒觉得挺意外的。你这是要我去跟讨厌的上司对着干吗?那以后如果我成了他们的眼中钉怎么办?到时候他们会变着法地刁难我,所以到最后吃亏的还不是我自己嘛。"

我啜了一口瓶子里剩下的啤酒。不冷不热的,气也没了,喝起来有种大麦茶的味道。

"我们俩之所以上尤克里里课,归根结底还不是多亏了那位了不起的金部长吗？在你说颠覆之前倒不如先把他搞定了吧。先不说别的，如果以后不用在办公室里听到他打饱嗝的声音我就谢天谢地了。"

"啊……"

奎玉扑哧一声笑了出来。

金部长是一个一想起来就会让我皱起眉头的人，能够忍受每天跟他待在同一个办公室里的最好的办法就是离他越远越好。每次跟他面对面坐在一起吃饭的时候，都会看到他把小指伸进嘴里，抠出夹在牙缝里的食物残渣，然后再把它们嚼完咽下去的动作。把自己体内发生的所有生化反应表现出来，这就是金部长的习惯。比如，打饱嗝、放响屁、挠头让头皮屑哗哗掉下来等等。

有一次跟他谈话时，我正好把他打出来的饱嗝吸了进去，结果我马上冲到厕所吐了出来。那时给我拍后背的人正是刘组长。

"再忍忍吧，至少他不会在我们面前脱裤子拉屎啊。"

虽然我不知道刘组长的这句话是出自真心，还是单纯只为了让我想开一点儿，但至少她确实是用我从来没听过的温柔的声音安慰了我。我把这件事讲了出来，结果武仁和南恩大叔一听立马捧腹大笑起来。南恩大叔甚至笑出了眼泪，他说道："虽然我作为一个中年大叔也能理解他，不过他听起来是有点儿过分了。难道他是因为自尊感太低，所以想通过生理现象来确认自我存在吗？"

一阵开怀大笑后，武仁可能感到有些愧疚，于是展开了一番同情论。

"笑归笑，但是我觉得因为这点事就说那个人有多可恶，这可能有点儿过分吧。虽然这些行为会使别人感到不快，但这终究只能说明他这个人没有礼貌而已。"

"你说得没错。但有毒的可不仅仅只是他排出的气体，金部长这个人才是体系里的毒。"我说道。

乍一想，在职场生活中像刘组长这样爱数落下属，总做一些讨人嫌的事情的直属上司，可能会让人觉得是最可恶的一类人。但至少刘组长不是一个表里不一的人，应该说她这个人太过直率，感觉离狡猾这个词很远。所以，虽然我很讨厌她的一些话或行为，但这种感情也仅仅止于讨厌。

真正的邪恶轴心①其实是像金部长一样盘着腿坐在组织的腰上从而操控整体的人。之所以把金部长这样的人称为组织的"中间者"，是因为下属的意见绝对不会被传达到上头去，而这类人掌控着实权则意味着，其所在的组织无法实现真正的民主。

最重要的是，金部长是把实习制度落实到这所学院的罪魁祸首。其实，我想批判的并不是实习制度本身。给有存活希望的子叶浇浇

---

① "邪恶轴心"是美国总统乔治·沃克·布什于2002年在他的国情咨文中发表的看法，意指"赞助恐怖主义的政权"。

水,然后持续观察它的生长状况,最后再决定是否要录用其为正式员工的实习制度,不论是对企业的发展还是对鼓舞员工的士气都能起到适当的刺激作用,但问题在于这一制度正在被人恶意利用。

原则上,公司会在选拔实习生后三个月,根据其工作表现及成果来决定是否录用为正式员工。但是,钻石学院从来没有录用实习生为正式员工的先例,实习生最后只会被强行劝退,而不是被录用。公司把现有的实习生强行劝退后,会以选拔新实习生的方式补充缺失的劳动力。就这点而言,我的情况比较特殊。在公司实习了九个多月的我却被贴上了"延长实习期"这种奇怪的标签,至今都还没有成为正式员工。以实习生可以免费上任意一门课的名义,表面上看起来像是给了我们福利,实则每个月都会从我们的工资里扣除一部分金额,而这也是金部长的主意。这也是为什么作为实习生的我会说自己只是个兼职。

"大家明明都知道这些却还是来应聘了,不是吗?难道智慧你不也一样吗?"

有一天刘组长提议推荐我转为正式员工时,金部长一边抠着指甲里的污垢一边说道。曾经在总公司混得风生水起的他,思想水平可能也就只有这么低了。

奎玉似乎也已经看透了金部长是一个什么样的人。当他跟大家讲金部长用命令式的口吻责备保洁阿姨,而且还对她用非敬语,在阿姨打扫卫生间的时候，连句抱歉都没有就直接进去小便等事的时候，我想起了从没跟别人讲过的事情。比如，金部长皱着眉头让刘组长换别的口红色，或者对她的发型指指点点。而刘组长虽然会小声地抱怨，却依然会照做。鉴于这是刘组长的隐私，所以我并不想在酒桌上把它当成下酒菜一样说给别人听。有一次，我实在是忍无可忍便跟刘组长生气地说道："他也太过分了吧！我都想朝他的裤裆狠狠地踢一脚，组长您为什么要一直忍着啊？"

"智慧，我家里可还有两个孩子呢，我有很多时候都必须按时下班才行。如果孩子感冒了，我还得求他给我批假，让我提前回家照顾孩子。你现在还年轻，根本就不知道我为了继续留在这里工作，得容忍到什么程度。"

"组长，但这很明显就是错误的行为啊。难道您就没想过，金部长这是在对您进行性骚扰吗？"

"那你为什么不直接去跟金部长说，而是找我说这些话呢？"刘组长静静地问道。

她的眼神看起来十分真挚，丝毫没有怒意。刘组长微微一笑，拍了拍我的后背便离开了。

我瞬间感到哑口无言。她的那句"没生过孩子的人根本不会懂"的口头禅里，或许真的蕴含着我无法理解的真心也说不定。问题可能真的不在她身上，而在于迫使她这样想的体制。直言不讳的结果便是成为上司的眼中钉,然后就会被安排一些脏活累活,直到有一天实在受不了自己辞职走人……

"我们要不要整他一回?"奎玉说道。

"我们来做一次实验吧。看看这个看似不知廉耻的人究竟会不会为自己的行为感到羞愧。"

那个时候,我真的以为奎玉只是在开玩笑,我以为他所说所想的这一切都只是一时兴起。

7. 看到了光明

我为了准备几天后的教学资料走进了办公室。大家每人手里都拿着一杯咖啡，正聚在一起聊天，唯独金部长一个人坐在自己的位置上一动不动。仔细一看，他的脸僵硬得像块石头，嘴也张得很大。

"您怎么了？"

刘组长发觉有点儿不对劲，便走到了金部长跟前想要探个究竟。结果她一来，金部长就用颤抖的手指向了某样东西。

"有人……竟然做出了这种恶作剧……"

我看到金部长的办公桌上放着一张皱皱巴巴的A4纸，像是故意被人揉搓了一番之后再弄平的纸上贴满了类似于拼贴画的字条。为了不被人认出字迹，纸上的字全都是从杂志或传单上剪下来之后再贴上去的，五颜六色的字斜斜歪歪地排列在纸上。虽然它看起来像是小学生搞出的恶作剧，但上面写的内容真可谓令人震惊。

别再当着别人的面放屁了！

打饱嗝的时候别张嘴行不行！

要挠头的话就去厕所挠吧！

你这头可怜的猪啊！

纸张的左下角画着一个猪头，而贴在它上方的聊天气泡框里则写着猪的叫声——"哼哼"。刘组长忍不住扑哧一笑，随后急忙捂住了嘴。金部长脸色瞬间发青，怒视着刘组长。

"这是刘组长你干的吗？"

"不是！"

刘组长表示金部长的指控太过荒唐，一脸正色道，随后一屁股坐到了自己的位置上。

我不由自主地看向了奎玉，他正泰然自若地换着天花板上的灯泡。

"有什么事吗？"

奎玉似乎察觉到了我的视线，便用温和的声音朝我们这边问道。谁也没有回答他。

那天，办公室里从早到晚都笼罩着一股寒气。吃午饭的时候，气氛也十分严肃,金部长吃饭吃到一半突然急匆匆地离开了。当然,打饱嗝、放屁、用手指抠出牙缝里的食物残渣再把它吃下去等仪式都被他省略了。奎玉似乎很有食欲,吃得比往常更多、更香。偶然和他视线相碰的时候,他的表情也没有丝毫变化。他甚至大声跟我开玩笑道:"你怎么总看我呀?想吃的话要不要我分你一口?"

我虎视眈眈地等待着时机,终于在吃完午饭,办公室里只剩下我们俩的时候,走到了他跟前。

"你做得也太过分了吧。你到底是什么时候干的?"

奎玉"啊"的一声伸了个懒腰,然后左右扭动了一下脖子。

"上班之后没人在办公室里的时候做的。"

"你疯了吗?办公室里有监控摄像头。就在那上面,你没看见吗?"

和悄声说话的我不同,奎玉根本就没有压低声音。

"你以为他会因为这种事情去查监控录像吗?查监控录像可是很麻烦的,步骤很复杂,而且就算到时候真去查了,最丢人的还不是金部长嘛。先不说这个了,我发现教室里的白板笔该换了,麻烦你重新订购一些吧。"

奎玉咧嘴一笑。

令我感到惊讶的是,正如奎玉所言,金部长并没有对此事追查下去。说到改变,我倒是再也不用听到或闻到从金部长体内排出的气体了,办公室里的空气也随之清新了不少。从这件事发生后的第三天起,金部长开始带起了便当,话也比之前明显少了许多。拜托别人的时候也不再是一副厚颜无耻的样子,取而代之的是一脸尴尬的笑容。虽然彼此之间充满了不信任,但至少降低了工作环境中的二氧化碳浓度。

我们依然只是名义上的实习生,实际上也只不过是个兼职而已,是领着低薪、做着复印及各种杂务的临时工。但是自从发生金部长那件事以后,我对奎玉的看法发生了变化。在公司里和他共享一个秘密,竟然让我感觉这个秘密成了一条隐秘的纽带,从而一下子拉近了我们之间的关系。我偷瞥奎玉的次数越来越多了。

不论对方是谁,奎玉每当与人对视时都会向对方微笑。他的笑容充满了亲切感,温和又公平。然而,即使我坐在他旁边,却始终对他一无所知。要想了解他,我就只能选择直截了当地问他那件事了。一个悠闲的晚上,我终于鼓起勇气把憋在心里的问题问了出来。

"你那天为什么对朴昌植教授说那种话?"

奎玉的表情发生了微妙的变化。我怕自己待会儿没有勇气继续问下去,所以干脆一口气都说了出来。

"我在光化门附近的咖啡馆里都看到了,就是奎玉你来这里工作之前发生的那件事。"

我结结巴巴地跟他描述起了那天的情况,说着说着感觉脸颊燃烧了起来。我明明没做错什么事,但感觉到两颊的血管在扑通扑通地跳动着,瞬间脖颈都开始烫了起来。每次只要我一紧张就会出现现在这种症状。我磕磕绊绊地继续说着,而判断力却开始模糊起来。

"你恶搞金部长的这件事也是……我想知道奎玉你真正想要的是什么。"

我好不容易才把话说完。奎玉饶有兴趣地盯着我看了一会儿,然后用一个莫名其妙的问题反问道:"你是好奇我这个人呢,还是好奇我接下来要做的事情啊?"

"呃,这两个我都很好奇,毕竟很难把这两样分开来看吧。"

奎玉接下来的回答让我感到很意外。

"为了能更加了解彼此,出去喝一杯怎么样?就我们俩。"

我感觉面前有一头小熊正在笑眯眯地看着我。我们。要不是因为他最后说的那声"我们"听起来那么甜美,我那天就不会跟他走了。

* * *

店内正放着本尼·古德曼[①]的 *"Body and Soul"*。不知道是因为老板太喜欢这首曲子,还是不小心点了单曲循环,从刚才开始就一直

[①] 本尼·古德曼(Benny Goodman,1909—1986),美国单簧管演奏家、爵士乐音乐家。

重复播放着同一首曲子。堆在桌子上的啤酒瓶已经超过六个了，我记不清刚才我们都聊了些什么。我们静静地听着那朦胧的旋律来来回回地萦绕在我们的耳边。偶尔会有这样的时候，就是那种当音乐、酒、心这三样交织在一起从而让人感到束手无策，不需要说任何话的时候。

　　坐在我面前的是一个穿着一件领口已经变了形的圆领T恤和一条宽松牛仔裤的十分普通的男人，是一个经常会做出一些令人意想不到的奇奇怪怪的事情，在学院里擦去电线上的灰尘的实习生。我的视线顺着他棱角分明的肩膀线条继续往上游走。作为一个男人来说，他的脸非常白皙，他的五官虽然没有多么精致，却显得十分协调。即便如此，他与我曾经交往过的男人或者我的理想型都没有任何共同点。可是我现在对这个男人产生的感情又该怎么解释呢？奎玉刚刚带我进这条巷子的时候，有那么几秒他的手放在了我的肩膀上，以至于到现在我的肩膀上似乎还残留着那只手的触感。我到底在瞎想什么呀！我不禁用力摇了摇头，心却在扑通扑通地跳个不停。难道是因为他每次跟我说话的时候都会温柔地唤我一声"智慧"吗？

　　奎玉猜到了我在想什么似的，再次问道："话说，我以后可以一直叫你智慧吗？如果这让你感到不快的话，那我现在开始叫你前辈？"

　　"得了吧。反正我们两个都是实习生，而且从年龄来讲也是同岁。"

"是啊,我们是同岁。"

我们看向了彼此,随后便开始聊起了我们这个年代的人共同的回忆。

"你还记得1994年吗?那个时候我在上幼儿园,因为天气太热,所以那年的暑假特别长。"

"不记得了。大家都说因为那年太热以至于能清楚地记得那是几几年,但我一点儿都不记得了。不过我倒记得我上小学三年级的时候爆发的那场金融危机。在国外留学的叔叔回国之后,为了参加捐金运动把我妈妈的金戒指都卖了。他们竟然天真地以为把家里的那点金子卖掉就真的能救国……"

"后来我们小升初的那年,不就正好赶上了二十世纪的末尾嘛。'换掉,换掉,把一切都换掉'①这首歌流行的时候,我正在提前学习初一的课程。当时我一边背求根公式,一边祈祷让地球赶紧灭亡吧。"

"那个时候的我们正吃着Fin.K.L②代言的面包,忙着收集宝可

---

① 出自《换掉》(바꿔),由韩国歌手李贞贤演唱,收录于1999年10月9日发行的专辑 *Let's Go To My Star* 中。
② 1998年韩国DSP公司创建的女子组合,由李孝利、玉珠铉、成宥利、李真四位成员组成。

梦①的卡片呢。"

"没错,没错。话说,以前关于世界末日的谣言可真多。我们小的时候有一次说是要发生'携举',大家一听说所有人都要一起升天,就都被吓得乱套了。后来又有预言家说2012年会再次迎来世界末日,可地球至今不都还好好的,没有灭亡吗?生命力可真顽强。"

我们一边笑着,一边聊起了金妍儿②选手的第一次登场、曾经追Super Junior③的经历、在赛我网④上频繁更换头像从而留下的"中二病"痕迹等各种各样的回忆。除此之外,我们还说起了《玉林的成长日记》⑤里的刘亚仁、高雅拉,还有后来成为徐太志的老婆的李恩承,顺便还谈到了1988年生的明星当中最有名的权志龙。

"真是波澜起伏的人生啊。我都觉得我们可能活得太久了。"

我一说完,奎玉就装作一脸严肃的样子,左右晃了晃手指。

"呵,就这点程度还算不上是波澜起伏。那些在日本帝国主义

---

① 另有常见非官方译名"口袋妖怪""精灵宝可梦""宠物小精灵""神奇宝贝"等,是一款由任天堂发行的系列游戏,1996年发行最初版本。
② 1990年出生,韩国花样滑冰史上第一位集冬奥会、世锦赛、大奖赛、总决赛、四大洲赛、世青赛冠军于一身的女单大满贯得主,第一位职业生涯所有比赛未下领奖台的女单选手。2002年,金妍儿第一次参加了国际大赛Triglav Trophy,并获得金牌。
③ 2005年11月6日正式登台出道的韩国男子演唱组合。
④ Cyworld,21世纪初韩国最大的社区网站,提供日记、相册、论坛、涂鸦、留言等服务的互联网平台。
⑤ 2003年开播的韩国成长类电视剧。

统治时期度过童年,青少年时期在同族相残的战争下被迫坐火车南下之后目睹了朝韩分裂的局面,再到后来共同努力创造出汉江奇迹①的老一辈到现在还在工作呢。我上回坐出租车的时候,旁边有辆车突然挤到了我们前面去。你知道当时司机朝他喊了些什么吗?'喂,你这该死的小兔崽子!如果这里是越南的话,我早就用M16步枪射死你了!'明知道那个奥迪车主根本听不到,他却自己在那边喊得脖子上的青筋都要爆开了。他一边疯狂地追赶那辆车,一边喊道:'你这该死的小兔崽子,我可是国家的功臣!'"

"太可怕了。那你后来是怎么做的呢?"我问道。

"我称赞他说'多亏了有大叔您这辈的牺牲奉献,我们国家才会变得像现在这么富裕'。我没有说谎。毕竟这的确是不可否认的事实。总之,我当时好不容易才让大叔消了气。"

"原来如此。但有件事我还挺好奇的。有些人是我们大家共同指责谩骂的对象。但如果我们也和他们处于相同处境的话,扪心自问,我们真的能肯定自己就会和他们不一样吗?批判别人倒是很容易,因为我们可以把人类的尊严、道德品质和常识当成评判的标准。但在利己之心的作用之下,当人类处于极端时刻的时候,真正能够坚守尊

---

① 这里指1953—1996年间首尔经济的迅速发展。20世纪60年代以来,韩国在短短二十多年的时间里,由世界上最贫穷落后的国家之一,一跃成为发达国家、"亚洲四小龙"之一。

严、道德品质和常识的肯定只有极少数人。如果我们正经历与他们相同的环境和历史，我们真的敢肯定自己不会做出与他们相同的选择吗？我不太清楚，所以我觉得我们最终还是需要做出一些努力。"

"什么样的努力？"

"至少要一遍遍地下定决心以后不会只为了自己的利益而战。一旦被猪油蒙住心，一切就都结束了。我不知道什么才是正确答案，只是希望自己能够朝着更好的方向一步步走下去。"

他始终没有提起自己的家庭或有关"成长痛"的事情，我们也没有说以后彼此之间要不要用非敬语。然而我真的很喜欢和他聊起共同的回忆，以及那些别人听起来会感到无聊的话题。

我突然感觉脸热了起来，为了不让他发现，我连着喝了好几口啤酒。虽然我没有正眼看奎玉，却能感受到他正盯着我看的视线。我要不要诚实一点儿，告诉他我内心的想法呢？我竟然产生了这种念头，看来是真的醉了。

"对了，我还没回答智慧你之前问的问题呢。你想知道朴昌植教授和我到底是什么关系，对吧？"

"你们俩是什么关系，你那天不已经说过了嘛。教授写书的时候你给他做兼职打下手，最后他还没给你兼职费。我好奇的是你为什么选择用那种方式跟他说话，为什么要在大庭广众之下朝他大喊。"

话一说完，我就紧张得咽下了口水。奎玉看了一会儿远处。

"我当时每天都睡不着觉。虽然没人相信,但那本书真的基本都是我写的。其实从某种角度来说,是我昧着良心帮他的。前辈给我介绍了这份兼职,从那之后我就开始帮他整理资料。但当我的努力和成果都被他窃取之后,我特别后悔,后来后悔就慢慢地变成了愤怒。我必须得让那个人失去点什么,即便那只是像'瞬间的自尊心'一样很小的东西,这样才能稍微公平一点儿,不是吗?明明犯了错,怎么能让他不付出任何代价,一直维持自己的名声呢?"

"所以你那么做是为了惩罚他?"

"与其说是惩罚,倒不如说是想让他丢脸吧。二十年前教授被曝出性丑闻事件之后,大家都以为他以后肯定前程尽毁了。但可笑的是现实正好相反。朴教授恰好把与自己那件丑闻相关的'性'和浅显的哲学理论扯在一起,把自己包装成了一个商品。难道他做得对吗?我只是大声说出了那是错的而已,即便我不敢肯定这会引起什么样的变化。但是我那天冲朴教授吼了一通之后,发现自己其实没什么事情可做。就在我四处找工作的时候,我到朴教授近期工作的学院的官网上看了一下,也就是在那里看到了实习招聘公告之后申请应聘的。可以说我是托了朴教授的福才会到这里工作的。"

奎玉说完,露出了一丝苦笑,把握在手里的啤酒瓶慢慢地转了一圈。

"但是,还真挺神奇的。朝朴教授发泄了一通之后,我的心里竟顺畅了许多。其实我那天也只不过是把心里话大声喊了出来而已。后来我想自己是不是至少唤醒了藏在他内心的羞耻感。那天之后我想了很多：每次当我面对错误的事情时，如果我能勇敢地当面指出它是错的，那这个世界会不会就能发生一点儿改变呢？"

"我真羡慕你的勇气，因为我绝对做不出来那种事。就是说，我知道某件事情是错的，但这个想法绝对不会转换成行动。不是不会做，而是不去做。又因为不去做，所以才不会做。总之，我是给别人鼓掌的那类人。不是主角而是观众，不是艺术家而是普通大众。我就是那种人。不过值得庆幸的是，其实大部分人都跟我一样。"

奎玉举起手中的酒瓶，然后轻轻地碰向了我的酒瓶。

"如果没有观众，任何人都成不了主角的。如果没有大众，自然也就不会有艺术家了。除非有人觉得自己在家里作秀也算是一种艺术。"

我扑哧一声笑了出来。笑完之后仔细一想这其实也没什么可笑的。

"换句话来讲，因为智慧你是观众、是大众，所以你是一个了不起的人。"

"谢谢，但你说的话并没有安慰到我。总不能说因为宇宙是由尘埃组成的，所以我要为自己是个尘埃的事实而感到高兴吧？"

"但是，我觉得那种想法本身就是一种惯性思维。观众只不过是没有想过要登上舞台而已,其实所有观众都是可以站在舞台上的。还有……"

奎玉握了拳后再松开,就这样反复握了几次拳头。

"现在我们必须这么做。因为世界本来就是这样,如果没有任何人行动,就根本不会改变。"

"如果我们行动的话,真的能改变世界吗?"

"我也不清楚。但肯定的是,如果这个世界一点儿都没变,那就说明谁也没有行动。"

奎玉用逆否命题说道。随后,他突然抛出了一个意想不到的问题。

"话说,智慧你真正想做的是什么呀?"

这是个攻击性很强的问题,以至于我感觉自己被冒犯到了。真正想做的事情,有多少人被问到这种问题时不会感到痛苦呢?我就是因为不敢回答"其实我也不太清楚",所以一直选择躲避,才变成了现在这个样子。又或者是因为不想承认曾经的梦想正在离自己越来越远,所以才逃得越来越远……可事到如今,为什么又要问我这种问题?我慢慢地开口道:"我想尝试去做一些和大企业主导出来的艺术不同的东西。比如说,一些多样的、很小却有价值的企划。不是那种打着非主流的旗号给自己贴上艺术性很高的标签,然后就像副刊一样被捆绑销售出去的东西,而是那种即使不起眼,却能因自身价值而得到认可的文化和内容。我想做出能够触动并安慰人心的艺术和文化,即便受众只是少数人也没关系。所以我贷款上了学,毕业后在几个小型策划公司工作过,然后就感觉自己已经到了极限。"

我小声叹了口气。

"你知道我从那个时候开始拼命做的事情是什么吗?就是不停申请大企业的入职考试。说到底,文化产业也都是由大企业控制的。因为砸进去的钱多,所以不论他们策划什么,最后都能得到还不错的结果。所以如果我真的想做自己想做的事情,那就要先到跟我所追求的价值完全相反的地方工作。为什么?因为他们有力量,而我却没有。"

"所以结果怎么样?"

"所有入职考试都没通过。之前交的托业补习班的学费,还有在咖啡馆里买咖啡的钱全都打了水漂,所以后来才到大企业旗下的学院里做复印的工作,这才有机会像现在这样坐在奎玉你的面前,作为一个前辈来跟你分享我没混进主流世界的失败经验。"

气氛突然陷入一阵沉默。奎玉正在用什么样的目光看着我?怜悯?又或是感同身受?我把酒杯拿到嘴边,慢慢地喝了一口。啤酒里的气泡轻快地刺激着食道黏膜,顺着食道往下流。我怎么会说出这些话了呢?说不定是因为太久没被人问到这种问题了。不是像"在哪儿呢?什么时候回来?什么时候能做完?你是真不知道,还是理解能力有问题啊？"这样的问题，而是为了了解我本人和我的梦想而提的问题。

"谢谢你跟我说这些。你知道吗？我真想和智慧你聊更多的事情。"

我抬起了头。奎玉正直勾勾地看着我。他的脸上渐渐露出了灿烂的微笑，然而他却不是对着我笑的。身后突然传来了粗犷的声音，一个男人正叫着我的名字。

"哟，Wise小姐也在这儿呢。"

是武仁和南恩大叔。所以说，他刚才并不是对我笑的，那个表情只是在欢迎他们而已。一想到自己竟然突然间成了"银莲花茶馆的老板娘"①，脸顿时涨得通红。南恩大叔和武仁边坐边说道："不好意思，我来晚了。刚刚有点儿事就耽误了一会儿。"

"我刚跟朋友们聚完就过来了……这边气氛还不错嘛。"

"你们刚刚都聊了些什么呀？我们是不是妨碍到你们约会啦？"

面对南恩大叔扫向我们的视线，奎玉连连摆手道："什么约会啊！智慧听着该不高兴了。我刚刚只是在听智慧讲自己的人生经

---

①《银莲花老板娘》，由金基德执导的电影，于1968年在韩国上映。主人公银莲花茶馆的老板娘是一名守节妇人。她误以为每天都来自己店里的大学生爱慕自己，并在脑中幻想了两人往后幸福美好的日子。其实，大学生每天来店里是为了看那幅和自己死去的爱人十分相像的蒙娜·丽莎的画像。最后，得知真相的老板娘幻想破灭，最终离开了茶馆。

历呢。"

感觉自己的秘密被暴露了出来,这让我的内心顿时慌张起来。被他这么随口一说,我的秘密似乎变得更加一文不值,但好在奎玉的表情好像并没有恶意。总之,我很好奇大家今天为什么又聚到了一起。

"听说你真的恶整了金部长?"

"其实我跟金部长之间没有什么恩怨,我想现在心里最爽的应该是智慧吧。"

"至少我觉得办公室里的空气清新了不少。"

我只是随便说了一句而已,没想到竟然惹得大家破口大笑。

"这只是一个很小的开始。现在大家可能觉得这只是一个可笑的恶作剧,但它绝对不是没有任何意义的。因为无论以何种方式,我们都会有所改变的。"

我不太理解奎玉说的这番话,但南恩大叔和武仁显得十分认真。

"行吧。虽然不知道结果会变成什么样,但至少总比一天天过着无聊的日子开心多了。"南恩大叔回答道。

武仁习惯性地撕着嘴皮,说道:"反正我现在脑子里也挺复杂的,而且又没什么事情可做。除了在便利店做兼职,一周给高中生上两次写作课的家教之外,时间多得是。我会尽可能地参与的。"

"参与?"

只有我一个人疑惑地问道。奎玉挑了挑粗黑的眉毛。

"我想放开了玩一次。这个世界变得很死板,而大家都患上了无力症。我想举起反旗。就算别人骂我幼稚也没关系,我就是想反抗一次。历史告诉我们激进的革命注定会失败。因为这个世界变得越来越枯燥、死板,所以表面可见的动作会被管制或被审查。我就是想做一些不会被管制或审查的事情。以有趣的方式来做这些事情,就像玩游戏一样。"

"游戏?"

我心想着放在金部长的办公桌上的那封恶搞信与"游戏"之间的差距,小心翼翼地问道。奎玉继续说明。按照他的说法来讲,为了改变世界,我们最先需要的是恶作剧或游戏。面对不当行为时,要以游戏的方式对其加以指责。这样一来,总有一天某些东西会发生改变或进行扩散。这就是他的主张。听来有点儿道理,但仔细一想又觉得不太能理解。南恩大叔"砰"的一声拍了一下桌子,像是下定了决心似的。

"你话说得太多了。虽然我不知道你要做什么,但既然是有意思的事,那就一起做呗。你们不觉得吗?"

武仁点了点头。

"不管我们要做的事情是什么,如果它能刺激到我这僵化的大脑就好了。"

奎玉温柔地看向了我。

"我忘记问了,智慧你愿意和我们一起行动吗?"

所有人都在等我回答,但我实在无法轻易开口。

奎玉补充道:"其实我们做的事情看起来微不足道,甚至可能有点儿可笑,不过,当笑声在空气中传播时,至少能产生一些振动吧。所以我们根本不用去想要做一些不得了的事情,行动本身就是我们的目的,我们只需要大胆地去玩就好。"

奎玉举起酒杯一饮而尽。当我看着他的喉结上下晃动的时候,酒馆里的背景音乐突然从快节奏的舞曲变成了老爵士乐。"*I'm beginning to see the light*"里艾拉·费兹杰拉[①]慵懒的歌声轻柔地缠绕在我耳边。虽然这件事是否真的会迎来光明还只是个未知数,但比起一直在原地踏步,我还是想朝着未知的方向迈出一步。

我终于在某个时刻小声地开口说道:"我也要,我也想和你们一起行动……"

虽然不知道具体要做什么,但我强调了"一起"这个字眼。奎玉微微扬起了嘴角。血液中的酒精浓度正变得越来越高,仿佛空气在跳舞,整个世界都在旋转。在轻快的背景音乐下,我们聊得越来

[①] 艾拉·费兹杰拉(Ella Fitzgerald,1917—1996),美国歌手、演员。

越起劲。艾拉·费兹杰拉不断吟唱着"我看到了光明"。我轻轻地闭上了眼睛。明明已经闭上了眼睛，我却好像看到某个地方正闪烁着光芒。

8. 在灰烬上跳舞

我绝对不是爱出风头的那类人,反而更倾向于爱躲避的那一类人。我刚上大学的那一年,全国正席卷着革命的浪潮。眼看着再过两年就要迎来21世纪的第二个十年,竟然再现了20世纪80年代才会发生的事情。那时正是樱花凋零、转入夏季的时候,全国人民每人手捧着一盏蜡烛,纷纷走上了街头。大家一起守夜、歌唱,朝着那些喷水枪的人们高声抗议。我也同这些人一样参加了这场烛光集会。

在这个难得的让不同年龄段的人们团结在一起的机会下,我们每天都举着蜡烛来到广场守夜,气氛就好似庆典一般激动人心,然而我的心像一片积云一样飘向四处。复读了一年却没考上心仪的大学而产生的挫败感,与第一次失恋的经历交织在一起从而形成的倦怠感,对于一个刚刚年过二十的女孩儿来说,实在是难以负荷。老实说,我根本不知道自己为什么会站在那群人当中。在大家都参加的情况下，感觉自己不去又不太好，所以在听说大家要去高呼抗议某件事之后，我稀里糊涂地便答应了。然而，握在我手里的蜡烛并没有任何力量。与首尔名牌大学自豪地挂出去的旗帜相比，象征着位于首尔圈外围大学的我们的旗帜显得无比寒酸，让我感到有些丢脸。

有一天，我偷偷地离开了队伍。不论是多么热闹的地方都会有那么一两处没人注意到的地方，所以没过多久我便找到了一个安静的去处。我站在位于广场对面的住宅区内的围墙上，周围寂静而昏暗，远处传来人们的高呼声及歌声。蜡烛在空气中燃烧后散发出的香味顺着风飘了过来。这时我暗自下定了决心，绝不会忘记大家全都聚在一起时，我独自待在此处的这一刻。我并不想特意给这个决心下一个定义，这并不是属于集体的记忆，而是纯粹印在我心里的寂寞而美丽的画面。我突然有了一种悲伤的预感：总有一天，大家都会忘记今天发生的事情，而现在的这股热潮也会像转瞬即逝的烟花一样消失殆尽。

最终谁也没能阻止他们反对的事情。而这一切很快就变成了大家茶余饭后的谈资，从此沦为了回忆。相聚于烛光集会的人们重新回到了各自的生活，再次回到了只为自己而活的日子。

那天晚上，醉得迷迷糊糊的我坐到了电脑跟前，在网上搜索了全国人民聚集在广场的那年夏天的照片。布满了整个光化门大街的烛光散发着闪耀的光芒,这一景象无论何时看到都会让人感到震惊。一束束光聚在一起,彻底颠覆了这个世界原有的样子,我只能用"纯粹的美"来形容它。如此美丽的景象真的在现实生活中发生过吗?那无数个灯火当中真的也有我吗?一阵短暂而挥发性强的感动袭上了心头。

不管有多么生气或委屈,人们总能一次又一次地把那些荒唐到不可理喻的事情忘得一干二净。也许只有忘却了才能让自己继续生活吧,不忘记,生活就很难继续下去,不对,应该是根本就活不下去。

我也属于那种人,因为我只是在做和其他所有人相同的举动而已。比如说,选择大多数人做出的选择;规避大家都不做的事情;对通常的事物一般会点头称是,或者没自信地小声说句"是"……

这样的我为什么会同意奎玉的提议呢?我想,并不只是因为我被奎玉这个人吸引。可能是因为就一次,哪怕只有一次,我也想自信地大声喊出:"我和你们不一样!"

* * *

一个阴暗潮湿的夜晚。开展游戏的第一个地点是弘益大学附近一座小桥下的人行通道。灰色的墙上画着各种涂鸦。武仁拿出了提前准备好的涂鸦喷漆。

"之前跟我一起合租的朋友特别爱玩涂鸦,这些是他搬家之前留下的。"

我们盯着墙看了一会儿,上面全都是我们没见过的英语单词及机器人之类的涂鸦。

"来吧,我们开始吧。"奎玉说道。

南恩大叔似乎有些犹豫。

"可我们不是专业的,真的能在墙上画吗?"

"正因为不是专业的才更要画。这是一种练习。服从权威的观念已经渗入我们的骨子里,形成了一种固定思维,而我们要做的就是打破这种固定思维的练习。"

"涂鸦和权威又有什么关系啊?"

"涂鸦本身就是对权威的抵抗,它从诞生的时候开始,自身就已经带有抵抗、反抗的色彩了。毫无形态、随意乱画的涂鸦聚在一起从而产生了某种意义,随后渐渐形成了一种新的文化。但是你们现在来看看这个。"

奎玉指向了墙上的某一处。上面画着一个男人的肖像,一看就能看出这幅画肯定花费了不少精力,和其他画相比,使用的颜料不仅更高级,颜色也更多样。

"问题不出在这幅画上,而在它。"

所有人的视线投向了贴在那幅画旁边的一段话上。

这是一幅饱含艺术家灵魂的作品。为了能让更多人欣赏,请您爱惜它。

这段话的下方列出了作者的学历及个展经历。我好像在哪里听过这个作家的名字。

"你们知道这个人是谁吗?他是一位很有名的现代美术家。据说他画这幅画纯粹是为了才能捐献[1],却把填充背景色、画草图之类的工作全都推给一同参与的学生们来做。他还恬不知耻地在下面贴上了'这幅画是精心绘制而成的,所以请勿触碰'之类的警示标语。街头艺术的本质是自由,但是他们现在竟然把权威强加到了街头艺术上去!"

奎玉一说完,我便提出了有些不同的意见。

"但是巴斯奎特[2]也在自己的涂鸦画上加入了版权符号啊。我觉得那体现了他对自己是一名艺术家而感到的自豪感。"

---

[1] 于2015年出现在韩国的一种全新的公益活动形式。指将自己所拥有的才能捐献给社会所需要的人群,从而帮助他人的一种方式。

[2] 让·米歇尔·巴斯奎特(Jean-Michel Basquiat,1960—1988),一位美国艺术家,先是以纽约涂鸦艺术家的身份获得大众的认识,后来成为一位成功的新表现主义艺术家。

"你说的没错。但他至少没有在上面写'请不要擦掉我的画'这种话吧。再说，桥下通道的这几面墙从十几年前开始就一直像是市民的图画纸一样，大家都可以在上面画画。在这种地方贴上禁止触碰的警示牌，然后录一段采访视频，再把视频上传到个人主页上，以便在自己作品的售卖广告上能让大家点开视频来看，这种行为就等于在四处宣传自己没有才华。何止是没有才华，我觉得他连自尊心都没有。他这种行为就好像是在自由的艺术领域里挂上了'请勿践踏草坪'这种标语。"

我对涂鸦的起源思考了片刻。虽然有源自洞穴壁画等各种说法，但最早以涂鸦画出名的作者是一个叫"TAKI183"的美国人。20世纪70年代初，在纽约到处都可以看到"TAKI183"的标志。Taki原本是一名快递员，起初他并没有什么特别的意图，只是为了留下自己的痕迹而开始涂鸦，而183是他家的街道号码。他在很多地方留下了自己的痕迹，而且从不留下任何说明或阐释。他做这些只是因为想做，又或是因为觉得有趣。由此，涂鸦画一开始是作为城市风景的一角而诞生的，而不是一件艺术作品。

后来，涂鸦成了街头艺术及边缘艺术。然而随着时间的流逝，纽约市一些让人头痛的涂鸦画成了社会问题，从而使其逐渐丧失艺术价值。让世人重新看到涂鸦画的艺术价值的作者当中，我最喜欢的是被称为"艺术恐怖分子"的匿名艺术家班克西①。

他用口罩遮住脸,将简陋的墙壁变成一件艺术作品之后悄然离开。他用美丽而具有冲击力的涂鸦画,以及犀利而精辟的句子来讽刺这个世界,或者向世人展示自己的幽默。他还宣称任何人都可以擦掉、复制或转发自己的作品。原本对此表示不满的人们渐渐开始喜欢上他的作品,对它们表示出敬意,把它们包装成商品,甚至还为它们举办了展览,以至于班克斯十分不满自己的作品被他们过度商业化。

但不管怎么说,他说的那番话的确让大家感到惊叹不已。但此刻,站在这幅画在墙上的严肃的艺术作品面前,我该做点什么呢?

正当我陷入沉思时,旁边突然传来了"嗞——"的声音。武仁正在往那位作者的画上喷漆。他喷出了一条长长的横线之后,在那条横线上又喷上了四条竖线,然后在上方画了个小斗笠,在下方喷上了四个点。他终于停了下来,然后往后退了几步。墙上出现了两个之前没有的字:一个是表示没有的"無"(无的繁体字),而它旁边的是一个"人"字。

"虽然我不太识汉字,但这两个字倒还认得。武仁,你的汉字名不会真的是这两个字吧?"南恩大叔惊讶地问道。

"不,我的名字是武官的武,仁慈的仁。但的确经常被人当成

---

① 班克西(Banksy,1974—),英国街头艺术家,被誉为当今世界上最有才气的街头艺术家之一。

空气。"

我们看向了武仁画上去的大大的"無"字。

"这'無'字呀,现在仔细一看真像个几何图案。为什么要用这么复杂的字来表示没有的意思呢?"

"'無'字中的四个点模仿的是灰烬,所以这个字是表示树林被烧光之后只剩下灰烬的象形字。"武仁回答道。

"这么有哲理啊。其实完全可以用一个圆圈来表示'無'这个字嘛,何必搞得这么麻烦。"

南恩大叔咂了咂舌,然后用喷漆在墙上画了一个小小的圆圈。

"哇,这还挺好玩的!智慧,你也来试试吧。"

当南恩大叔在墙上画爱心、星星之类的简单图形时,我摇了摇握在手中的喷漆,对着墙用力地按下了喷嘴盖。"喊——"的一声,我的指尖感受到了气体强烈喷射时的震动感。太刺激了!我不知道自己要写什么,所以只能在布满墙面的字和画上一直画直线。喷出来的颗粒渐渐把背景图盖了起来。在我的人生中,我是任何人都无法遮盖或抹去的存在,而此刻握在我手里的喷漆仿佛就在替我证明这一点,这让我的内心激动无比,但从某种意义上来讲似乎又有些悲哀。

我偷偷看了一眼奎玉。与兴奋地喷着漆的南恩大叔不同,奎玉在墙前面站了好一会儿之后,突然在表情严肃的作者的肖像上画了一个小胡子。我们当中画得最认真的是武仁。他十分专注地画了一会儿之后,终于转身给我们展示了他的作品。他刚才写在墙上的"無",竟然变成了跳舞的"舞"。

"舞人是指跳舞的人?"

武仁点了点头,随后指向了"舞"字的下半部分。

"你们知道这是什么意思吗?'舛'是弄乱、搅乱的意思。也就是说,树林被烧光之后留下的灰烬再次漫天飞舞就是'舞'。所以我现在也要跳一支舞。"

他开始随意地跳了起来。远处的某个酒馆里传来了一首老歌,南恩大叔也开始随着歌声左右晃起了身体,像一个不倒翁一样跳起了舞。奎玉郑重地向我伸出了手并问道:"索菲亚小姐,你愿意和我跳一曲吗?"而我轻轻地用眼神示意后便牵起了他的手。正当我们跳得越来越起劲时,一阵风迎面吹了过来。汽车从桥上驶过时,车灯瞬间射了进来,投下了影子。而我的心就像气体一样慢慢地飘上了天空。

一周后,我特意抽出时间去那座小桥下走了走。我们留下的痕迹已经被其他涂鸦画覆盖住了。虽然我画的线也早已消失得无影无踪,但武仁写的"舞"字依然留在墙上。有人好像表示自己很欣赏武仁的作品似的,在"舞"字上面画了一个大大的星星,而其两侧则布满了我们之前没见过的新画。所以说,我们至少在这个世界留下了一个脚印。跳舞的"舞",虽然或许有一天它也会从墙上消失,但这对我们来说就已经足够了。我用手机拍下那面墙并把照片发给了大家。武仁十分高兴,并给我回了条出乎意料的短信。

——我现在正坐在书桌前,想要重新开始写作。毕竟只有开始写作,才能算是一个真正的编剧嘛。

9. 有些妈妈，有些爸爸

"哇哦，我都不记得上一次喝酒是在什么时候了！"

多彬举起啤酒杯，眼泪汪汪地嘀咕道。然而正当她要喝一口的时候，兼职生突然跑过来一脸为难地请她出示身份证。多彬十分不耐烦地掏出了身份证。兼职生拿着她的身份证，一脸惊讶地看了好一会儿，随后便红着脸转身离开了。身高157厘米，体重42公斤，留着一头短发，再加上又小又圆的脸蛋，多彬有一张完美的娃娃脸。乍一看，别说高中生，说她是一个初三学生都毫无违和感。多彬是我大学时期五人闺蜜团中的一个。我们五个人关系非常好，一起上课，有了男友会最先介绍给彼此，甚至毕业之后也常常聚在一起过生日。

但过了二十五岁之后，我们之间的发展速度与水准的差距开始逐渐变大。本来就已经岌岌可危的五个闺蜜间的友谊，终于因为我们当中的第一个准新娘智媛的婚事而彻底破裂。家境富裕的智媛在毕业之际压根儿就没有找工作。她悠哉地玩了几年之后，突然有一天告诉我们自己要结婚。从那天起，她就开始不停地在群里发影楼、婚纱、化妆的价格，被子的照片，以及在我们看来全都一模一样的各种等级的钻戒图片，而我们早已经在智媛的Instagram里看到了无数张类似的照片。但真正使我们之间的友谊决裂的是婚期相近的智媛与多彬两个人之间产生的矛盾。

上了大学之后没跟父母要一分钱，通过努力学习独自承担学费的多彬，是一个主张夫妻买婚房时双方各付一半，结婚信物统一从简的实用主义者。但是，智媛突然开始说一些"像多彬这样结婚就是在吃亏""因为多彬的男朋友瞧不起她，才会什么都不给她买"之类的话来刺激多彬。

别说多彬感到生气，就连剩下的三个人也都觉得智媛有点儿过分。我们四个人另建了一个四人群，而智媛在越来越安静的五人群里发了装修好的婚房的图片，以此来向我们炫耀自己婚礼的格调。不久之后，智媛发现我们四个人瞒着她另建了一个群后气得暴跳如雷。她们俩之间的战争从抓住彼此的话柄开始逐渐变成了辱骂及人身攻击，到后来每天都会在推特上发表针对对方的各种歹毒的话。智媛的婚礼结束后，我自然而然地和其他两个闺蜜宥利及慧娜断了联系。我之所以到现在还和多彬保持联系，是因为比起通过炫耀自己婚礼的格调来显示自己高人一等的智媛，我的价值观更接近朴实的多彬。

去澳大利亚打工度假①的那段时间，天天在农场拼命干活的故事永远都是多彬最爱拿出来讲的经历，可现在的她句句离不开育儿和家务。其实，当初多彬说自己要结婚的时候，大家都吓了一跳。因为大家都觉得她应该是同学当中最晚结婚，或者根本不会结婚的那个人。多彬说幸亏自己还算年轻，所以现在还算有得挑，她还说就这一点而言，自己和智媛的想法是一致的。

多彬说自己在澳大利亚受到了大家根本无法想象的最底层劳动者的待遇。整天在炎炎烈日下像一台机器一样工作的竞争式体力劳动、中间管理层的剥削、农场主厚颜无耻的态度，这一切听起来感觉就像在描述一个农奴或奴婢似的。

也许是因为过度消耗的青春使她的内心很早就感到了疲惫，所以还没等她真正开始做点什么事之前，遇到被催着结婚的男朋友时，便二话不说就选择了和他步入婚姻的殿堂。结果，她现在成了一个正在上幼儿园的小男孩儿的母亲，而在旅行社勉强维持的工作经历也暂时告一段落。

她此刻之所以在我面前举着比自己的脸还要大的啤酒杯，是因为

---

① Working Holiday，流行于欧美国家的现象，指年轻人在正式开始工作之前，花费大约一年的时间到国外旅行，在旅行期间靠在当地打工来赚取生活费用。

独自带孩子的压力与疲劳感,以及和老公之间因为缺乏沟通而产生的矛盾。虽然这听起来像是再平常不过的家庭主妇的烦恼,但多彬又念叨起了千古不变的警句——"这就是现实"。自打我们进店开始就一直板着脸的多彬,在酒劲上来之后仿佛充满了电一般,开始兴奋地聊了起来。

"小孩子三岁之前,我感觉自己每天都活在噩梦里。哄了整整一个小时才好不容易把他哄睡着,就在我拖着已经累得不行的身子小心翼翼地起身时,我的脊椎发出'咔咔'的响声又把孩子给吵醒了,然后他就哭个没完。像这种事情可是会二十四小时不断反复发生的,以至于我一听到电视里发出的声音,就会出现孩子在哭的幻听,耳朵里时不时会听见不知道是尖叫声还是海浪声的奇怪的声音。好不容易花了几年的时间把他养成了大小便能自理、能自己穿衣服的人,结果你知道他有多逗吗?这才过了五岁,他就跟十五岁的孩子一样犯了"中二病",爱撒泼,自尊心强,还动不动就嚷嚷着'别管我的事'……抱歉,我以前也特别讨厌大妈们说那种生完孩子自己过得有多累的话,但现在我真的体会到了那种疲惫感的本质,不是睡眠不足引起的肉体上的疲惫感,而是因为根本没有一件事是按照我的意愿进行的。上厕所的那几秒、吃一口饭并把它咽下喉咙的那一瞬间、打开冰箱后喝水的片刻,就连这些瞬间我都会感到绝望。你知道吗?当这种琐碎的行动一次次被小孩子的哭闹声打断,并且无限重复循环的时候,人真的会疯掉。在农场干活的时候，我只需要想办法提高自己干活的速度和熟练度就行。就算再累，只要我努力多干点活就行。但现在可不一样，我感觉现在每一天自己都在接受高强度的心灵拷问。我现在完全能理解为什么以前的大妈们会背着孩子下田去干活。因为把孩子扔到田里让他自己去玩，然后妈妈专心去干活，这可比在家自己带孩子幸福多了。更别提我老公那个浑蛋……"

她突然停了下来，举起酒杯一饮而尽。

"不说了，他那些破事我连提都不想提。"

她说完就开始自顾自地笑了起来。多彬说想聊一些有趣的事情，她笑嘻嘻地回忆起了打工度假时发生的趣事、上大学的时候遇到变态兼职生的事情、报名参加了选秀节目竟然晋级到第一轮直播舞台的经历。那个时候的多彬染了一头彩虹色的头发，其实算起来也没过几年，但感觉就像在讲上个世纪的事情一样。

"可你看起来都没怎么变。这不，人家还要检查你的身份证嘛！谁能看出来你是个孩子的妈妈呀？"我努力装作看不见她那严重的黑眼圈说道。

多彬摇了摇头说："我现在变得跟以前完全不一样了。当然，结婚生子后我过得挺幸福、挺满意的。但我现在变得特别保守，始终把孩子的安全放在第一位，把自己家庭的生活看得最重要。我现在会为了一点儿小事就往区政府递投诉信，给警察局打举报电话。比如说,我得哄孩子睡觉,但外面有一群高中生在大声唱歌,这时候我就会打电话让警察来解决。但可笑的是,这些都是我几年前干过的事情啊……你知道人什么时候会变得特别保守吗?就是当人有了完全属于自己的财产的时候,有了绝对不允许别人夺走或侵犯的东西的时候。就像有了自己的房子、钱,或者不错的'饭碗'的时候。而对于我来说,那个财产就是我的孩子。你知道吗?当人有了这种'财产'的时候,就会觉得这个世界特别危险。我再也不像以前一样意气用事,对一切都嗤之以鼻。我现在满脑子想的都是交通事故、战争、精神病患者、环境激素、雾霾这些东西。然后我就变成了要从外界的种种危险中保护自家人和财产的战士,所以也就变得越来越保守了。我变得很难理解和我不在同一个世界的人,面对他们时我基本会双臂交叉抱在胸前,心想着'你要是敢惹我,我就打死你'。你说我年纪轻轻,怎么会变成这样呢?去了趟打工度假之后还以为自己掉进了虫洞[①]里,没想到现在竟然被吸进了黑洞[②]里。"

还以为已经喝醉了的多彬突然站起身来。

"玩得也差不多了,我就先走咯。"

"这么早?我还以为我们要玩到凌晨呢。"

[①] Wormhole,宇宙中可能存在的连接两个不同时空的狭窄隧道。
[②] Black Hole,存在于宇宙空间的一种时空曲率大到光都无法从其事件视界逃脱的天体。

"我得早点睡,最近正忙着为英幼做准备呢。"

"英幼是什么?"

"英语幼儿园。我家孩子马上就要参加入学水平测试了,所以这两天得抓紧学习。"

"学习?他才五岁,学什么习啊?"

"英语幼儿园可是按照水平测试的结果来分班的,要是没通过测试的话就会被分到差班的。不是佛教里说的那个涅槃,而是优班差班里的那个差班[①]!"

我所认识的多彬是一个反对现存制度,声称绝对不会让自己的孩子上补习班,并十分反感韩国的社会文化、政治理念氛围的典型的二十多岁年轻人。她是一个准备婚礼时要求一切从简的女人。觉得办仪式就是为了满足虚荣心,所以根本不打算办婚礼的她愁眉苦脸地跟我抱怨父母死活不同意。这也没过几年,如今竟然要把自己的孩子送到英语幼儿园,还要为了水平测试让这么小的孩子学习。

"我刚才不是说了嘛,人会变得保守,而且现在的孩子一定要上补习班。其实这也不全都是为了学习,如果妈妈们想要休息一会儿,那就得把孩子们送到各种补习班。对我来说,唯一的沟通平台就是妈妈们的社群,所以我不能再一味地坚持自己那一套,自己搞特殊

---

① 涅槃与差班的韩语写法相同,都是 열반。

可是会被其他妈妈孤立的。你可不知道那些妈妈孤立别人的时候方法有多巧妙、多隐秘、多可怕！要是我自己被孤立也就算了，但这还会影响到孩子的社交关系，甚至还会进一步影响到他在幼儿园及小初高的学校生活呢。你是不是觉得这些只是我随口说说的，或者只是在纪录片里才能看到的事情？其他人听起来可能会觉得我们的国家太畸形了，可如果你每天都亲身经历这些事情，你就会觉得这些也没什么奇怪的。"

我顿时感到哑口无言，毕竟她所说的是一个我并不了解的世界。虽然不想去了解，但如果有一天我成了一个母亲，我就能保证自己一定会跟她们不一样吗？我并不敢肯定。

"我花了一千四百万韩元去国外打工度假，为什么？还不是为了提高英语水平吗？可是你知道吗？我在上英语幼儿园的小孩面前一句英语都说不出来，所以我不想让我的孩子英语水平跟我一样差。就算别人再怎么说无人机、未来社会、机器人才是大趋势，可谁知道未来到底会怎么样呢？我能为孩子做的事情还能有什么呀？就只能先搞定眼前的英语幼儿园了。"

多彬似乎感觉到了我看向她的视线，停了一会儿便说道："真羡慕你，能有这么多时间来想你自己的事情。"

我并不能对她说"羡慕你这种话可不是乱说的。你不是既有孩子，又有自己的家庭，还有一个赚钱养家的老公吗？你知道天天想着自己的事情,有多痛苦、多孤单、多可怕吗",因为说了也没用。如果朋友之间的共同话题产生了间隙,并且那个间隙变得越来越宽的话,总有一天两个人会变成两条平行线,关系也会随之疏远。一想到以后我和多彬之间的关系也可能会变成这样,心里顿时沉重了起来,我只能希望那个时间能尽可能慢地到来。

多彬走之前留下了一句话。

"本来不想告诉你的,但我听说玄晤回来了。"

那天晚上,我因为各种想法彻夜辗转反侧。想忘记却又始终忘不掉的那两个音节一直在脑海里盘旋。玄晤,我整晚都试图将这个名字从我的脑海中抹去,直到拂晓时分才勉强入睡。

* * *

南恩大叔的家在离钻石学院不远的一条小巷子里。穿过一条开满餐馆的小巷子,前方便是多户型住宅区。几个浓妆艳抹、嘴里嚼着口香糖的女人和一群醉汉出现在我们眼前。反正,这里看起来并不是一个适合孩子居住的环境。

我们按下了门铃,随后大叔穿着背心出来迎接了我们。房子很小,家具也显得有点儿老旧,而墙面及地板的颜色让人联想起了有点儿烧焦了的锅巴。然而与发暗的外观不同,狭窄的客厅里弥漫着香喷喷的饭菜味儿,饭桌上摆放着越南春卷和几道荤菜。我看着摆满整个壁柜的书,慢慢地坐了下来。大部分都是关于如何与青春期的孩子相处、帮助家长教育孩子的书籍。

"您的厨艺也太好了吧!"早已入座的武仁边吃边说道。

"现在环境激素污染这么严重,做父母的也没有其他办法,只能自己学着做饭给孩子吃嘛。更何况三天两头就出'有些餐厅在食物里放了对身体有害的东西,有些食物是用垃圾做的'这样的报道,你们说做父母的怎么能放心让孩子去外面吃饭啊?别的我不管,但孩子要吃的饭,肯定是由我自己来做。这饭做着做着,我也就变得像现在这么胖了。"

南恩大叔摸了摸自己圆鼓鼓的肚子,似乎是有点儿害羞。他目前在一家活动策划公司工作。据说,圣诞节的时候他会扮成圣诞老人,还会扮成小丑到孩子们的生日宴会跳舞,托儿所和幼儿园举办娱乐活动时他也会去帮忙。虽然大叔乍一看长得有点儿凶恶,但据说很受孩子们的欢迎。

"就您这手艺,只在家做饭给女儿吃实在是太屈才了。您别光顾着给女儿品尝,也可以试着做美食烹饪博客啊。您只要做出几道新奇的菜肴,再把食物拍得好看一点儿,以后把食谱整理起来说不定都能出一本书了。"奎玉一边哧溜哧溜地吸着面条,一边称赞道。

"太麻烦了。做博客不仅文章要写得好,还得每做一道菜都把它拍下来。"

南恩大叔一边嘟囔着，一边拿起筷子小口吃着面条。随后他小声说道："其实，我在工作之余也在做别的事情，但有点儿不好意思说出口……"

在那之后，我们想尽了各种办法来弄清楚那个"不好意思说出口的兼职"到底是什么，但大叔都十分坚决地拒绝泄露这个秘密。当几杯酒下肚，那个"不好意思说出口的兼职"早已被大家抛之于脑后时，南恩大叔用实在憋不住想说出口的表情问道："你们还好奇吗？"

他不顾我们早已对此失去兴趣的反应，让我们一同坐到了电脑跟前。

"那个，你们别用太奇怪的眼光看待这个，毕竟这也算是一种职业嘛。哎呀，太丢人了，我就不跟你们一起看了，我去后面坐着。原来演员在银幕上看到自己的脸是这种感觉啊……"

我们就像一群聚集在饲料面前的小鸡一样，纷纷把脸凑到了电脑屏幕跟前。屏幕里正上演着一件奇怪的事情——南恩大叔在吃意大利面。他哧溜哧溜地飞速吃完一整盘面之后，一口气喝下了1.5升的可口可乐，然后拿起放在一旁的烤全鸡啃了起来。大叔全程都只顾着吃，一句话都没有说。

"这是……什么？"

南恩大叔尴尬地挠了挠头。这就是传说中的在线"吃播①",也就是通过网络来进行在线直播,网友会根据自己的意愿来打赏一些虚拟货币或星气球②给主播的吃播。大叔骄傲地告诉我们,自己的人气在众多吃播当中算得上是中上等。

"您到底为什么要做吃播呀?"我惊讶地问道。

"因为我太孤独了。"南恩大叔似乎预料到有人会提起这个问题,反而理直气壮地说道,"我能和别人一起吃饭的机会并不多,做吃播的时候会有种有人在看着我的感觉,而且旁边的聊天窗口还会弹出网友留下的实时评论。虽然偶尔会有人骂我快点去减肥,但同时也会有很多鼓励我、支持我的评论。比如说'谢谢你让我们看到你这么努力生活的样子',这种话对我来说是一种很大的鼓励。"

南恩大叔说他要给我们看自己录过的视频当中最火的那段,并在文件夹里找了半天。他好不容易找到了那段视频,一按下播放键,屏幕上便出现了大叔亲自下厨的情景。

"这是我根据以前给女儿做过的辅食试着做出来的。其实这个时候可是我的巅峰时期呢。"

---

① 2014年年底、2015年年初在韩国网络上兴起的一种"美食真人秀"节目。全称为"吃饭直播",指主播坐在摄像头前向网友直播自己吃饭的过程。吃播在中、日、韩最为流行。

② 在韩国直播平台 Afreeca TV 打赏时使用的一种虚拟货币。

画面里的大叔正在做辅食，是把西蓝花、菠菜、剁碎的牛里脊肉放到一起熬制出的辅食。然后他开始吃那整整一大锅辅食。他头上戴着婴儿帽，还系着蝴蝶结发带，把脸涂得红彤彤的，用一句话来讲就是把自己装扮成了一个"婴儿"。他就这样坐着，一口接一口地吃了很久。

"哎哟，我靠……这个我真的看不下去了。"

武仁情不自禁地爆出了一句接近于感叹词的脏话，随后便连忙跟大叔道歉。南恩大叔可能觉得有点儿不好意思，便赶紧关掉了视频。

"如果我说自己是一个孩子的父亲，人们就会觉得我挺可怜的。"

"您是真的因为那些东西好吃才吃的吗？"

"不是啊，我刚刚不是说了嘛，是因为孤独。"南恩大叔小声说道，"如果老婆能陪在我的身边，那我肯定就不会做这些了。其实我开始做吃播之前，一直有跟老婆视频通话。刚开始的时候，为了能有一起吃饭的感觉，每到饭点我们俩都会开着视频通话一起吃饭，但后来因为时差的关系，次数变得越来越少。并且每次视频通话的时候，我都感觉她心不在焉的。但她有句话倒是说得挺有道理，她说，不管我吃什么，只要能正常拉屎，自己就没什么可担心的了。就好比卸妆要比化妆更重要一样，拉得好比吃什么更重要。妈的，我根本无法反驳她呀！后来，我把视频上传到网上之后发现还挺受欢迎的。评论区里有人说'看起来真好吃',还有人催我再多上传一些视频呢。再加上,偶尔还会有人打赏一些虚拟货币,我就当赚零花钱了……"

南恩大叔沉默了片刻,随后神色黯然地开口说道:"我之所以做直播,虽然有各种原因,但归根结底都要怪那个家伙。"

他的声音变得越来越小。

"我以前是做炒年糕的。虽然现在已经有了各式各样的连锁炒年糕店,甚至还出现了自助餐式的炒年糕店,但炒年糕从当年的路边摊变成如今的连锁店,也不过才经历了十年不到的时间。而我以前为了研制出炒年糕的酱汁,吃了整整一年的年糕和辣椒酱。用了一年的时间,我终于研制出了让我真正满意的味道。有一天,突然有一个男人来找我,跟我说自己有一家店,问我想不想和他合伙经营一家炒年糕店。后来我们俩就真的合伙开了一家炒年糕店。刚开始的时候生意特别好,我生平第一次赚了那么多钱。可是他竟然偷走了酱料的配方,然后开了一个连锁店。你们知道那个人是谁吗?就是这个人。"

大叔从柜子上抽出一本旧杂志,然后把它扔到了我们跟前。那是一本十年前的烹饪杂志。封面上的南恩大叔比现在苗条不少,正面带微笑与某个男人搭着肩膀。

"这个人……不就是韩英哲嘛!"武仁喊道。

在韩国,应该没有人不知道韩英哲。他是一个长得十分俊美的90年代偶像剧演员,后来成了餐饮业的传说。他在一档烹饪节目中跟大家分享各种美食的烹饪秘方之后,便用从父母那里继承的巨额资金掌控了一个胡同商圈①,是个典型的商人。他和南恩大叔的照片被印在了炒年糕店的宣传单上。

"说真的,我花了整整一年的时间才研制出来那个酱料。我每天都在吃炒年糕,直到后来舌头被辣得发麻,身体就像膨胀了的年糕一样胖了好几圈。那个味道就是这么做出来的。"南恩大叔重复道。

据他所说,韩英哲打着合伙经营的名义骗了大叔。他们虽然是合伙经营,但问题在于他们当初签合同时,把所有的名义都归为韩英哲一人所有。最终,大叔落得了要想使用自己研制出的酱料,就必须付给韩英哲专利使用费的下场。虽然他事后向电视台举报,还开展过一人示威行动,却全都无济于事。最后大叔离开了那家店,不久之后,韩英哲独创的"C牌炒年糕"也随之诞生了。大叔的存在与努力无论在哪里都没有办法得到认可。

南恩大叔眼含着泪水,结束了这段独白。除非是演技十分高超的人,否则这种真诚的眼泪是绝对演不出来的。大叔按在地板上的指尖已经发白了。

奎玉低声问道:"但您为什么什么也不做,就这么干待着呢?"

我感觉到了被他的声音震动的空气。

---

① 位于居民区附近的胡同里的小型超市或传统市场所构成的商圈。

"你问我为什么什么也不做？你不知道就别瞎说！我跟电视台举报他，示过威，抗过议，还找了律师，可是什么也没有改变。我已经做了所有我能做的事情了！"

南恩大叔提高了嗓门。

去年大选时，韩英哲以保守党A党的国会议员的身份正式踏入了政界。除了韩英哲以外，还有几个艺人出身的国会议员正以改革的名义占据着国会席位。

"我当时每天晚上都睡不着觉，气我自己为什么没当面骂他一声王八蛋。如果我当时能当面骂他一句，也就不会像现在这么委屈、这么后悔了。我一刻都没有忘记过那件事，只是放弃了挣扎，选择自暴自弃而已。"

"现在去骂他也不迟啊。"奎玉若无其事地说道，"自暴自弃，换句话来说就是自我放弃，而我们绝对不能这么做。韩英哲坑骗过的肯定不止大叔一个人。韩英哲用美食来迷惑人们，上了电视节目之后还主导了韩国人的口味。但他这么做真的让人们更幸福、吃得更饱了吗？并没有，他这么做只不过是为了获得一个好名声，好让他顺利步入政界而已。他通过与大商圈串通起来故意让胡同商圈的生意不好做，用钱买断别人辛苦得来的结果等卑鄙的手段成了国会议员，现在正每个月领着国家发放的工资，在国会坐着打瞌睡呢。我指的并不是因为个人恩怨去找他泄愤,而是要用最妥善的方法,在恰当的时机让他适当地感受到一些压迫感。当然,我们只是在法律边缘走钢丝,而不能真的去做犯法的行为。我们所做的行动是给韩英哲这类人的一种警告,还能起到以儆效尤的效果。韩英哲也应该感到自豪,毕竟他成为无数个人渣当中……"

说到这里,奎玉把手伸进了放在他面前的玉米薯片的包装袋里,紧接着用手搅动了几圈后从里面拿出了一个薯片。

"被我们选中的幸运儿。"

话一说完,奎玉便把袋子里剩下的薯片全都倒进了嘴里,然后咔嚓咔嚓地嚼了起来。就好像象征着什么似的,随着他咀嚼的动作而破碎的薯片所发出的声音听起来异常响亮。

几天后,我重新看了一遍南恩大叔的吃播。想要看那个视频需要经过一系列较为麻烦的步骤。首先,我得在Café(韩国论坛网站)申请加入会员,需要发送"我也喜欢独自吃饭"之类的申请,然后等了两天我的申请才通过。好不容易成为会员之后,我逛了逛论坛,发现里面的内容丰富多彩,同时又显得有些荒芜。因为不知道南恩大叔的用户名,所以我只能把论坛里的视频一个个地点开来看。里面有形形色色的人录制的各种吃播,有穿着校服的男学生录的吃播,还有看起来一百多公斤重的女人自称是素食主义者,吃豆子、芦笋和香蕉的视频。除此之外，还有一个自称是健身教练的男人推出的"接近于标准答案的增肌专用健身食谱"的吃播，以及从炸酱面、面包、奶油蛋糕之类的食物中选一样并且一段时间里只能吃这一种食物的单一食物减肥视频……看着这些视频，我的内心竟感到了一丝空虚。正当我打算放弃的时候，我看到了南恩大叔的视频。他的用户名是"亲爱的爸爸"，一个简单却又让人莫名感动的名字。

我抑制住早已泛酸的内心，默默地浏览着他上传的一系列视频。他吃了我们所熟知的各种各样的食物。他在录吃播的时候会时不时地凝视着镜头，就好像是希望有人能关注自己似的，偶尔还会穿插一些唱歌或读网友发出的实时评论的环节。

之前从没想过的问题一个接着一个地出现在了我的脑海中。把自己吃饭的样子录下来给陌生人看，这到底是谁先想出来的主意呢？难道就连自己在吃饭的这种行为，也要得到别人的确认才会变得有意义吗？为什么人们极力隐藏自己拉屎的样子，却又那么渴望让别人看到自己吃饭的样子呢？爱看吃播的人抱的又是什么样的心理呢？为什么大家会经常把"为了吃好活好"这句话挂在嘴边呢？人是为了活而吃，还是为了吃而活呢……我意识到滚烫的泪水从脸颊上流下来之后便急忙关掉了窗口。我并不喜欢这种眼泪，想帮助别人却无能为力，因怜悯之心流下的泪水没有任何用处。我拍了拍涨红的脸颊，用纸巾擦去了泪水。

我点开了韩英哲的主页。正如我所想的那样，是一个"典型的国会议员的主页"。主页上罗列着能够展现出自己有多么优秀的履历及诸多事迹，还有装作自己是一个洒脱的人与所谓的"庶民"一起拍摄的各种活动的照片。然而，在那亲切友善的表情背后，他却在背地里夺取别人辛勤努力得来的成果，同时还享受着各种特权。我看着画面里吃着鱼饼、笑得无比灿烂的那张脸，顿时悲伤了起来。但我很快便控制住了自己的情绪，因为我觉得自己应该把令人伤心的事情与令人愤怒的事情分清楚。有一点我十分肯定，那就是我不应该为此感到悲伤，而应该为此感到愤怒。

10. 第一次反击

几天后，我们在属于韩英哲当选地区的传统市场里的一家小饭馆吃着热汤面。这个传统市场曾经是一个非常热闹又很有名的地方，但自从马路对面新建了一家大型超市之后，传统市场的生意便快速地冷清了下来。韩英哲之所以能成为国会议员，是因为他利用自己餐饮从业者的身份向该区的选民承诺自己当选之后一定会振兴该地区的传统市场。然而，这里至今没有发生任何改变，冷冷清清的胡同里只有几家美食店勉强得以经营下去的景象看着十分凄凉。

我们选择的是一家刀切面店。这家刀切面是用鳀鱼熬制的汤底，面条上放了一些美味可口的菜码，而且量还特别足。但这碗面的关键在于煮得恰到好处的十分筋道的面条，因为煮到九分熟时就把面条捞出锅，所以食用时不管过多久面条也不会泡烂。即使一脸冷漠的老板娘把碗轻轻地扔到我们面前，我们也没感到生气，而这都是因为她那厚道的人心。明明感觉自己已经吃完了一人份的面,但结果发现竟然只消灭了半碗。我打算休息一会儿再吃,结果刚一抬头就听到了从对面传来的哈哈大笑的声音。

"虽然我偶尔也会戴眼镜所以能理解你,但是你看上去真像阿拉蕾啊,就是日本动画片《阿拉蕾》里的那个女主角。"

不知道到底有什么好笑的,奎玉竟然双手抱着手臂,自顾自地大笑了起来。我并没有理他,而是再次埋头吃起了面。

如果要说一件在这个世界上我绝对做不到的事情,那就是边吃面条边看电视。戴上眼镜镜片就会马上起雾,摘下眼镜电视画面就会变得很模糊。所以,除非戴上隐形眼镜或去做准分子激光手术,否则绝对解不开这个矛盾。

吃完面,我们便有条不紊地复习了一遍之前制订好的计划及行动指南。根据主页上显示的行程表,韩议员会在下午四点左右走访这家市场。这只是为了管理选区而进行的形式上的定期走访工作而已。他并不是一个受市场商贩们欢迎的议员,之前承诺的振兴胡同商圈不过是一句空话而已,真正受惠的其实只有马路正对面的那家大型超市。然而,他根本不会把商贩们看向自己的锐利目光放在心上,因为他只需要在整个市场转一圈,然后把自己和商贩们一起拍摄的探访民生的照片放到宣传资料里就大功告成了。

根据打听到的消息,韩英哲会带领六七名随行人员,从入口进来之后一直往前直走,然后在看起来最上镜的传统韩果①店门口停下来拍张照片。据说辅佐官已经提前来找韩果店的老板娘商量好了当天的事宜,所以这个情报应该是正确的。我们的计划是这样的——等韩英哲走到韩果店门口的时候,我会走上前去跟他说话,然后当他转身的时候,南恩大叔和武仁会朝他扔鸡蛋,与此同时奎玉会把这一幕拍下来留作纪念。

为了能使自己看起来尽量像一个"正常、完美"的女人,我特意打扮了一下。虽然只是化了点妆把自己打扮成了一个普通的上班族,但即使是熟人也不会轻易地认出我。在我忙着往脸上拍粉底的时候,武仁和南恩大叔吵了起来,原因是大叔突然改变了主意,说自己不干了。

"不是,你怎么能说不干就不干了呢?我今天可是为了你这件事把写作的任务都推后了。你知不知道对于一个刚刚走出瓶颈期的编剧来说一天的工作量有多大?你知道我今天为了帮你,工作上损失了多少吗?"

武仁刚争辩完,紧接着便传来了南恩大叔消沉的声音。

"不管怎么想,我都觉得我做不到。如果我被抓走了,那我们家智聿怎么办?我跟韩英哲明显就有个人恩怨,说不定我会被判重刑

---

① 韩国的传统糕点,主要是用各种谷物磨成的粉、水果、一些可食用植物的根茎叶,加上蜂蜜、糖等做成的甜点。

呢。连我都不在身边的话,智聿可就真成孤儿了。"

"韩英哲作为一个国会议员肯定想要保护好自己的名声,所以他不会因为这点事就告我们的。"

在武仁和南恩大叔继续毫无意义地争执的时候,奎玉一直保持沉默。饭店老板娘开始瞪向我们这群吃完一直赖着不走的客人。

奎玉终于开口道:"如果你觉得自己做不到,那就算了吧。"

与那冰冷的语气不同,他的脸上露出了略微可怜的笑容。冷冰冰的语气加上温暖的表情,整体上便形成了一种豁达、爽快的感觉。

"我们谁也不知道今天这件事会有一个什么样的结果。但有一点可以肯定的是,这个结果完全归大叔你自己所有。如果你想继续像之前一样地生活,满足于继续靠吃播来赚一些零花钱的生活的话,我们现在就可以直接回家。就算你偶尔会感到有些委屈,到时候只要在心里喊出你的不满就行了呗。"

即便奎玉说得有些偏激,但谁也没敢反驳他。随后,大叔似乎下定了决心,并说道:"我要去做。没错,我觉得这么做才是正确的。"

好像是在为最后的晚餐买单似的,他十分有魄力地把两张一万韩元的纸币"啪"的一声放到了收银台上,然后率先迈出了大门。

我们各自躲在韩果店附近的角落里等待着主人公的到来。随着远处传来的喧哗声,韩议员与几个随行人员一同出现在了我们的视线里。韩英哲正与周围的商贩一一握手。我紧张得手心直冒汗的时候,他正以一定的速度朝着即将发生事件的方向走来。中间发生的唯一一个变数是,市场里的一位大妈没有搭理韩英哲伸出的手,反而没好气地问道,他之前承诺的"带活传统市场的生意"怎么还没有进展。在她的逼问之下韩英哲的脚步只能稍微停留一会儿。一旁的辅佐官们好不容易搞定了那位大妈,韩英哲勉强舒展开那张早已扭曲的脸,朝着原定的走访路线再次迈开了脚步。终于,他走到了韩果店前。

从近处看,韩英哲不过是一个普普通通的六十出头的男人而已。他个子很矮,走路时虽然尽力挺起了腰杆,却还是显得有些驼背,而他那油光满面的脸上已经长出了老年斑。除了他身上那套像样的西服及戴在胸前的金徽章之外,真的很难从他身上找到其他特别之处。而且他看上去毫无气场可言,根本就震慑不住周围的人。

他在韩果店门口停了下来,跟老板娘打了招呼,还说了几句祝她生意兴隆之类的客套话。就是现在!奎玉悄悄地推了一下我的后背。我感受到了从后背传来的一股力量,以那股力量为动力,转眼间我便穿过人群站到了韩议员的身旁。

"韩议员,我是您的粉丝。我特别想把这个送给您,您现在能尝一口吗?"

我尽可能地小声说完之后,笑着把关东糖递到了他跟前。别看它只是块关东糖,这可是我们花了大价钱准备的道具,是我们提前在一家韩果店买的最高级的手工关东糖。面对突如其来的请求,议员似乎有些不知所措,随后便只能笑着咬了一口关东糖。

就在这时,有人大声喊道:"韩议员,我给你们照张相吧,请看这边。"

那是奎玉的声音。

我趁机从人群中溜了出来,而我的任务也就此结束了。议员朝奎玉的方向转过身去,对着相机摆出了笑脸。这时,突然有一个鸡蛋砸中了他的脑袋。一个、两个、三个,像春天的连翘一样的黄色蛋液顺着他的头发滑了下来,而韩英哲似乎还没搞清楚状况,嘴里依然叼着关东糖,正无比灿烂地笑着。

"恭喜您,吃了关东糖①!鸡蛋是免费赠送给您的。"

那是武仁的声音。

紧接着就像机关枪在扫射一样,快门发出了"咔嚓咔嚓咔嚓"的声音,从远处跟着传来了南恩大叔垂死般的尖叫声。

"像你这种偷走别人食谱秘方的骗子都不配被鸡蛋砸,简直是浪费了我的鸡蛋!你这个连郁陵岛的南瓜饴糖都不如的浑蛋!"

---

① 吃关东糖(饴糖),韩语为엿 먹다,是一句脏话,与中文里的"去死吧、吃屎吧你"类似。

＊＊＊

"刚才那几个是受精蛋,当时超市里只剩下那些了。有可能孵化成小鸡的鸡蛋竟然只是被用来弄脏韩英哲的衣服,这真让我过意不去。"

南恩大叔伤心地说道。

"没关系的,就算它们真的孵化成了鸡,也只不过是在A4纸大小的鸡窝里活着等着被宰的命运。最后它们应该都会变成这样吧。"

武仁说了一些不知是安慰还是自嘲的话后,啃了一口握在手里的鸡腿。四罐啤酒在半空中相碰了好几次,发出了钝重的声音。

我们在武仁的家里庆祝今天的成果。不愧是梦想当编剧的人,他的书架上摆满了与电影和小说相关的书籍。南恩大叔每三十秒就看一次他手里拿着的那部手机,边看边笑。

屏幕上是从头到胸沾满了黄色的蛋液、嘴里叼着关东糖的韩英哲的照片。照片里的他不仅笑得很灿烂,而且表情看起来十分舒坦、幸福。再加上在午后的阳光下形成的明暗对比,照片看起来像是一张高水准的喜剧电影的海报。我们并不打算公开这张照片,或者把它上传到网上,这只是用来纪念我们所做的行动的照片而已。

"看来讨厌那家伙的人不止我一个。你们听到市场里的那个商贩大妈喊什么了吧?她说:'接着砸!'"

"您扔得也太准了吧。我一共扔了三个,但一个都没中,大叔您竟然全砸中了。"

听着武仁的称赞,南恩大叔故意摆出一副趾高气昂的样子。

"别看我现在这么胖,我小时候的梦想可是当一名棒球选手呢,就是上'国民学校'的时候。"

南恩大叔一遍遍地向我们夸耀着自己今日的战绩,说着说着还渐渐地添油加醋起来。

"您说的都对,您今天真的是太帅了!"

武仁好像要把自己从涂鸦中所获得的那份荣耀感移交给大叔似的尽情吹捧道。

"谢谢你们,要不是你们,我肯定做不到……"

南恩大叔轻轻地擦拭着额头上的汗。虽然他的女儿并不知道,但至少今天大叔当了一把超人爸爸,我真想这样称赞大叔。

"话说,我不会真的被警察抓走吧?"

南恩大叔又开始担心起来,这句话他今天好像已经说了二十多遍了。

"怎么不会啊,我看您得做好被戴上手铐的准备啦。"奎玉嘿嘿笑着说道。

果不其然,《8点新闻》开始的时候,大家都变得有些焦虑不安。我表面上装作若无其事的样子，内心却一直忐忑不安，生怕自己的后脑勺被人拍到，然后被报道出来。

　　然而，在这如此忙碌的世界里，像传统市场里发生的骚动这样的小事还不足以被报道在电视新闻上。新闻里报道的事件比这更加残忍、歹毒、可怕。当我们发现没有一个新闻频道播报今天发生的这件事后，我们大声地欢呼了起来，武仁的小屋子里充满了笑声与干杯声。在网上留下的唯一的痕迹，就是有人在推特上写看见了我们今天所做的事情。

　　天啊！今天在市场里，有个大叔往韩英哲身上砸了鸡蛋。不知道这件事会不会上新闻。

　　幸好，这个人并没有上传任何照片。可能是因为这个用户没有多少粉丝，所以这条消息甚至都没有被人转发，但是这就已经足够了。南恩大叔打电话从炸鸡店点了一整只炸鸡，还要了几罐生啤。

　　接下来的几天，我们一直保持着紧张的状态，但韩议员似乎根本就没打算找出我们追究责任，因为毕竟我们所做的也不过算是轻微的恶作剧而已。南恩大叔把奎玉照的那张照片设置成了手机壁纸。

　　"这张照片让我一个人看实在是太可惜了，但既然不能给别人看,那就只能自己经常拿出来多看看咯。总之,看别人当众吃瘪的照片也挺有意思的嘛,看来最近一段时间里我不用再做吃播了。"

　　感到万幸的同时又觉得太过惊险,而且我还觉得挺有趣的。至少,那个时候我是这么想的,因为那时我的心里还没有产生其他的想法。

11. 截然相反的命题

"姐，你最近忙什么呢？"拎着一个大行李箱来到我家的第一天晚上，智焕一边吃着晚饭一边问道。

"我还能忙什么，除了吃饭、工作，就是在准备找更好的工作呗。你千万别跟爸妈说我住在半地下室，听见了吗？"我狠狠地瞪着他，事先警告道。

"知道啦。我还以为你又要开始学习了，所以才问的。不是就算了。"

智焕嘴里嚼着食物，用手指向了胡乱堆放在地板上的几本书。那些是我从学院借来的人文类书籍。

"那些书是用来准备教学资料的，而且现在不管干什么都得懂点人文学的知识啊。"

"你说是，那就是咯。"智焕一边吃着饭，一边用嘲笑的语气讽刺道。

本想让他收起那张臭脸的,但最终还是没有说出口。反正只要坚持两周他就走了,所以我并不想从第一天开始就引发争执。智焕突然把勺子插进了大酱汤里。

"姐,你是不是还是觉得我特别无知?提什么人文学啊,真倒胃口。"

"我根本就没说过那种话。"我小声说道。

除了这种时候以外,智焕是一个挺不错的孩子。

智焕没上大学,这是他自己做出的选择,也并没有人劝过他。从工业高中毕业之后,他在和自己的专业相匹配的汽车维修站工作了一段时间,后来变成了营业员。因为业绩好,所以赚得不少。而且他对自己的人生规划也非常明确,为了攒钱,他放弃了在首尔生活,重新回到了元洲,而这也是他根据自己的人生规划做出的决定。从各个方面来讲,智焕都比我机灵多了,而且目前正过着比我更加"成功"的人生。在我看来,智焕是一个头脑聪明、十分清楚自己想要的是什么的为数不多的年轻人之一。尽管如此,就算没有人刺激他,他那内心深处的自卑感还是会时不时地爆发出来,就像现在这样。

"我其实根本就不知道人文学是什么意思,好像是最近挺流行的一个词,听起来像是专门用来显摆自己、嘲笑别人没文化的时候说的话。可是你知道吗,听说从人文系毕业之后百分之八十的人都找不着工作。用一句话来形容就是对社会毫无用处的闲人,就像姐姐你一样。"

"喂!"

我气得不禁握住了拳头。

"啊,对不起,对不起。但该承认的还是得承认,不是吗?我这次来首尔的时候,本来想在客车里看会儿书,所以去客运汽车站里的书店看了看。结果你知道吗,那里到处都是人文学的书。反正闲着也是闲着,我就翻开书看了看,但我完全看不懂那本书在讲什么。姐,你们公司是不是有很多人文学讲座啊?"

"是啊,谢谢你这么关心我的工作。"

"我觉得那些只是徒有其表的东西而已。你别看这些在电视和文化讲座里挺火的,但在现实生活当中,哪儿都不欢迎从人文大学毕业的人。你没看到电视里一直在播的新闻吗?现在的大学生交着昂贵的学费来上学,但竟然都不会去图书馆借本书。大家不都是为了想让自己的履历好看一点儿,才买各种考试的参考书来埋头刷题吗?但是为什么人们在现实生活中就那么爱谈论人文学呢?"

智焕说的每句话几乎都很有道理,但如果他能把藏在话里的那种因自卑感爆棚而产生的扭曲情绪去掉就好了。我努力平复着情绪,尽量让自己的语气显得柔和一些。

"可能就是因为这样,人们才会专门抽出时间来听人文学的课程吧。"

"不对。"智焕自信地讲道,"在我看来,这都是虚荣心在作祟,就是那种至少要有点儿金钱和时间才能拥有的虚荣心。就算拼命考取资格证书、提高英语成绩,可一旦真正到公司工作之后,你就会发现工作归根结底就是在和人打交道。哪怕你在路边摆地摊,你也得知道怎么摆放东西才能卖得更好,还得搞清楚应该跟什么人卖什么样的东西。最重要的就是要懂人心,所以就得通过学习来让自己变成一个懂人心、通晓人情世故的人。自我启发类的书看起来又很土,为了让自己显得有学问一些,找来找去最后就找到关于人的学问——人文学了呗。我觉得这就是史蒂夫·乔布斯带给我们的弊端。乔布斯努力想往机器里注入灵魂,而且的确也取得了一定的成功,可是你觉得这在韩国能行得通吗?尽管如此,一听说什么东西流行,大家马上就会一股脑地冲上去追捧起来,这也是为什么在现实生活中不怎么受欢迎的人文学这种玩意儿会在图书和文化讲座这些领域这么流行,不是吗?"

"你说的有道理。"

如果不想听他把剩下的话全都讲完,我就得先退一步。然而智焕硬是把"正文"当成结论说了出来。

"这就是我想对你说的话。我这是替爸妈说的,所以希望你能好好听我把话讲完。姐,我不知道你的目标是什么,但希望你能把眼光放得低一些,还是多看看现实吧,这就是作为一个成功的营业员的我给你的建议。怎么样?我虽然一点儿都不懂人文学,但说出来的话还挺像回事儿吧?"

智焕用插在大酱汤里的勺子捞了一块豆腐。我想反驳他,但又不知道应该从何说起,顿时感受到了一种快要窒息的烦闷感,但我不清楚到底为什么会有这种感觉。智焕看了看我的眼色,随后便转移了话题。

"你家有维生素C吗?听说手术前多吃点维生素C会更好。"

我为了找出不知道放在哪里的维生素C,就像在发脾气似的用力开关抽屉。智焕这次来首尔是为了做准分子激光手术。

"姐,如果你也想做,就赶紧做吧。团购起来很便宜的。"

"准分子激光手术也能团购?"

"这年头连小狗都能装在箱子里用快递来送,准分子激光手术的团购有什么可稀奇的。你真是太小看我们的国家了。虽然用快递运小狗在法律上是禁止的,但听说实际上还能用快递退货回去呢。总之,准分子激光手术也能团购。我觉得在我们国家,说不定以后连葬礼也能团购呢。"

"那你得跟和你团购的人一起进手术室吗?"

智焕十分无语地看着我。

"不用。我只要把钱交给中介就行,他自己来凑人数,所以才会这么便宜。我都不知道给我做手术的医生是谁。到时候我进手术室之后得先和协调员沟通，检查也是由协调员来做，然后医生进来做完手术就走。我看那里还有一些用于整容手术的器具，估计团购整容也跟这个差不多吧。"

"再怎么说也是给眼睛做手术，团购的能靠谱吗？"

"大家一开始都这么想。但是做完手术之后，大部分人不是都好好的嘛。按照别人做过的方法来做，就不会有任何问题。而且我们要能省则省，懂吗？"

一听到这里，我突然明白了刚才那令人窒息的烦闷感到底是什么。

"你把钱都省下来要干什么用啊？"

智焕愣愣地看着我。

"还能干什么？当然是要做一个有钱人，过上好生活咯。以前，我的目标是攒下钱来买房、买车，还有结婚生孩子。但现在我暂时不打算结婚生孩子了，我现在只想多攒点钱，赶紧成为一个有钱人，到时候买房、买车，把时间多花在旅游和兴趣爱好上。"

我把好不容易找到的维生素制剂扔到了智焕跟前，然后转身走进了卧室。从背后传来了智焕抱怨维生素过期了的声音，我便"砰"的一声关上了门，以此来打断他的话。我之前为什么会答应让这个小兔崽子在我家待两周呢？果然，时隔多年看到的家人的确比其他人更陌生,相处起来更费劲。我甚至都不敢相信,长大成人之前,我们两个竟然在同一个屋檐下生活了那么久。

过了一会儿我听到了敲门声,但还没等我回答,智焕便自己开门走了进来。然后他没头没脑地拿起了放在化妆台上的发蜡,打开了瓶盖。我问他这是在干什么,结果他说自己要去和在准分子激光手术的团购论坛上认识的女人闪电约会①。

我们怎么会这么不一样呢?我静静地看着镜子里的智焕。他好像以为自己变成了埃尔维斯·普雷斯利②一般,眼睛睁得老大,双手张开五指把头发都撩了上去。智焕似乎猜出了我的心思,一边弄着发型一边说道:"我们本来就一点儿也不像,而且随着时间的流逝,我们之间的差距会变得越来越大。举个简单的例子吧,我最近一看到女人就会想她开的是什么车,但之前想的都是她的内衣里到底加没加胸垫,这应该也算是表明我终于懂事了吧。"

"你就是欠揍。"

我把枕头朝他扔了过去。他明明躲得开却硬是笑着挨了下来。

"我想过上好日子,姐,你知道为什么吗?因为只有那样才能过得舒坦一些。这不只是为了我自己好,还是为了大家好。包括

---

① 指通过网络认识,突然约定好时间见面的约会。
② 埃尔维斯·普雷斯利(Elvis Presley,1935—1977),别名"猫王",美国摇滚歌手、演员。

爸、妈和你,而且运气好的话,还有说不定会成为我老婆的未来的女朋友。"

"我就算了。多赚点钱是挺好的,但我觉得你未来的女朋友和老婆可能会更希望你能多花点时间陪陪她。"

"姐,你这是因为没尝过钱的甜头才会这么想。求你懂点事吧。"

这次换成了智焕朝我扔枕头,而我好不容易才躲了过去。

这家伙随父亲,是个工作狂。其实,父亲并不是因为有多么喜欢那份工作才一直埋头工作的。人生一半以上的时间都是在出租车驾驶位里度过的爸爸,只是一个生在男主外女主内的时代里的平凡的一家之主而已。在窘迫的生活条件下,父亲认为自己能给家人带来的爱就是按时把每个月的工资拿回家,所以父亲在完全不懂什么叫与家人共度时光的状态下度过了自己的青春。

尽管如此,父亲还是挺幸运的。他把开出租车赚来的钱攒下来之后,竟然真的买下了说了不下百次的小型草莓农场,给了我妈一个大惊喜。现在回想起来,我都觉得父亲用开出租车攒下来的钱买了一个草莓农场的事实,听起来就像童话故事一样。因为在现在这个年代,这已经是一件不可能的事情了。

有一天,我把这个想法告诉了父亲,结果他用生硬的语气,一脸沉重地回了我一句"既然你没经历过那个年代,就别说得那么轻松"。或许这就是父亲那一辈人和我们这一辈人之间彼此理解、相互看待的方式。都认为自己这一代过得更加艰难，相比之下就会把对方那一代人的生活想得更容易，从而两代人渐渐走向没有交集的平行线。这么一看，至少贯穿生活的艰苦与疲惫感，不论在过去还是现在都是相同的。不管怎么样，他虽然落下了膝盖疼痛的老毛病，和子女之间的关系也因为缺乏对话而变得越发生疏，但现在回到元洲和我妈过起了二人世界，一起享受着田园生活，也算得上是成功的晚年吧。

高中毕业不久之后，智焕的女朋友突然跟他提出了分手。随后，智焕便拿着一把吉他去女朋友的家门口，坐在地上一边弹出刺耳的吉他声，一边扯着嗓子大声唱起了情歌，吵得整个胡同都听得见。唱了一会儿发现女朋友还是没什么反应，他便继续鬼哭狼嚎似的唱着歌。

"如果你不跟我在一起，我就去死！我非你不可！"

听着让人起鸡皮疙瘩的偶像剧台词响彻了整个胡同。那天晚上是我替爸妈去的派出所，我到现在都还记得靠在我肩膀上哭得一脸通红的智焕的那张侧脸。

"姐，我相信爱情，因为爱情才是人生当中最宝贵的东西。你知道吗，我们就是为爱而生的。我以后也会继续相信爱情的。我一定会通过爱情来得到救赎的……"

我完全听不懂他在说什么，也不知道他到底清不清楚自己在说些什么，我只是静静地抚摸着智焕的头。智焕曾经是那么坚信爱情，但不知从何时开始竟变得如此现实，我顿时觉得把我的弟弟变成现在这个样子的世界有些无情。

智焕顺利做完手术之后静养了十天左右，等完全恢复之后才动身回到了元洲。本以为他和那个在团购论坛上认识的女人见了几次面之后关系进展得不错，没想到他的视力变好了之后两个人就没再继续见面。他说戴眼镜的时候没看出来，但视力变好了之后，连对方脸上的毛孔都能看得一清二楚，幻想自然而然地也就破灭了。

等到智焕真的要离开的时候，我突然感到很遗憾。家人之间就是这样，在一起的时候动不动就吵架，但一到分离的那一刻就会后悔当初没好好珍惜彼此而备感伤心。我坚持要送他去车站，但他终究还是拒绝了。

"我们就在这儿道别吧。"

他把我推回了玄关处，随后便关上了大门。不轻不重的脚步声很快便离我远去。智焕把眼镜留在了我家，让我替他丢掉，我拿起那副眼镜好好地擦了一遍，然后把它放到了书柜顶上。不知道这个小家伙现在能不能把这个世界看得更清楚一些。蜻蜓的视力相当于两三万个像素那般清晰，因此蜻蜓所看到的世界肯定与人类所看到的世界大不相同。本来就很明事理的智焕，以后会把这个世界看得更加透彻的事实并没有使我感到高兴。

＊＊＊

每周三晚上，尤克里里班学员间的聚会结束后，武仁、南恩大叔、奎玉还有我就像约好了似的聚在一起喝酒，并且一同谋划一些新的事情。一开始，网络或社交网站并不是我们的攻略对象。因为通过网络而引起的煽动太过普遍，而且很容易被抓住把柄，失败的案例也很多，再加上热度很快就会消退，马上就会被人们淡忘，所以我们选择的方法是以特殊的方式来低调地采取行动。

我们一同去了以拜金主义和世袭行政而臭名昭著的牧师所在的教堂，当那个牧师从走廊里经过的时候，我们就敲着木鱼朝他高呼"南无阿弥陀佛"。有一家网红餐厅无缘无故地赶走了一位残疾人客人，我们就穿着破旧的衣服去那家餐厅理直气壮地把信用卡递给了他们。有家大型超市拖欠了员工的工资，我们就去那家超市等着店长出现，然后戴上写着"结算工资"的口罩边唱边跳了一分钟左右之后马上离开。

我们针对的是那些利用自己的权威做出一些不当行为从而让世界变得僵硬的人，而我们的目的就是以当面斥责他们的方式来让他们难堪、让他们心里不好受。他们对我们的反应始终如一，就好像始终坚信就算有人朝自己泼水，自己也绝不会被淋湿一样，他们总是会吓一跳，觉得很荒唐。他们此刻在心里想的词也许就是以下这些：

谁，竟敢，这么对我。

就算这么做，你们这种人，怎么可能。

我们每周都会展开这种并不会严重到构成轻罪，而且因为持续的时间太短所以也不会构成损害名誉罪的恶作剧式的反击。我们就是一群每次都会在那条分界线上走钢丝的人。就像我们对韩英哲做的那件事一样，虽然他当时完全可以去告发我们，但我们正好利用了他可能会为了保全自己的名声而不会把事情闹大的心理赌了一把。无论是制订计划还是把计划付诸实践，都使我们感到无比兴奋、刺激。这让我们真正感受到了一种活着的感觉，感觉钥匙被握在了我们的手中。我们每周都会找个时间聚在一起，举杯庆祝我们每一次的神秘壮举。

其实，社交网络或杂志书上也曾出现过一些目击者对我们的看法。他们感到很痛快，并且十分好奇我们到底是谁。有人甚至称我们所做的行为是带有政治色彩的表演或别出心裁的行为艺术。随着网上不断出现一些目击者的留言，在现实生活中甚至开始出现了少数用自己的方式来模仿我们的人。

总的来说，我们选定的目标对象所做出的不当行为，的确会在短时间内再次成为话题，但因为太过引起注意会给我们惹来麻烦，所以我们每次都会很谨慎地挑选目标人物，而且行动是在短暂的时间内以委婉的方式进行的。

然而，这种行为虽然会使我们感到痛快，但目标对象和行动的方式都只能维持在适当的界限内，这一点让我感到有点儿难受，会有种不能击中要害，只能在周围不停打转的感觉。不过我并没有把这种想法说出口。对我来说，每次和他们相聚是我与这个世界沟通的唯一一个社交俱乐部，所以我不能冒险把心里话说出口。我并没有用我的一切去改变世界的勇气，也没有那种梦想。所以每次和他们在一起时，我都会有种飘忽不定的感觉。虽然我对奎玉这个人感兴趣，但我从未认为自己和他们是一类人。我在内心深处卑鄙地想着这里只是我暂时停留的地方，而这些人也只是从我的生命中一闪而过，不久后便会被遗忘的存在。如果可以的话，我想往上爬。我想即便大家都没说出口，但心里肯定也是这么想的，这种想法卸去了我的负罪感。虽然与他们在一起的时候，我总能感受到一种同质感，心里也会得到安慰，但其实那种同质感才是我最想摆脱的东西。

不久前，我向公司请了一天病假。我没去学院上班，而是去了一家中坚企业的文化事业部。那家公司正在为企划组招募新员工，而我的书面材料通过了审核，从而进入了最终面试。其实当初递应聘材料的时候，我并没有抱太大期待，但当我知道进入最终面试的人包括我在内只有两个人之后，我的期望值就开始不断升高。

这家公司最近从投资的几部电影中赚了不少钱，而且我很看好它的前景。在回答几位身穿正装的面试官的提问时，我的脑海里浮现出了自己以后在这儿工作时的样子：在电梯门口刷员工卡的我，在星巴克打开电脑开始加班的我，在工作日的白天去参加试映会，或者去看展览，又或者为了寻找适合做成企划案的项目而到大型书店翻看新出的图书的我……虽然到时候可能也会偶尔抱怨工作太辛苦，但这与现在天天毫无灵魂地复印着文件及给讲师们跑腿相比，是一件多么奢侈、多么让人幸福的事情啊！

我尽力展现出自己有多优秀，谎称自己在DM旗下的学院里主要负责企划的工作并且参与到了整个项目当中，把自己包装成了一个工作能力很强的人。当他们问到"工作非常忙的时候，员工平日里可能需要加班，甚至周末也可能会被叫来上班，请问这你能接受吗"时，我用力地点了点头并说道"当然可以"。这就是我，我就是如此迫切地想在这个世界上占有一席之地。

智焕与奎玉所提出的截然相反的命题一直困扰着我。智焕强调人要变得机灵一点儿，学会跟着现实走，而奎玉却让我鼓起勇气在现实生活中引起龟裂。如果说这两个正相反的概念之间也存在一个共同点的话，那就是面对它们都会让人感到煎熬。

12. 老去的市民

他们说会给最终录取人员打电话通知结果。但距离上次面试已经过了三天，我的电话始终没有响起。面试官们露出的善意的笑脸，突然闪现在我的脑海中。面试当天，除了我之外还有一名应聘者。她低着头，说话扭扭捏捏的，还总是用一种小得都快听不见的声音说一些没有把握的答案。因此，在那场竞争当中，胜利的人只能是我。我想这中间肯定出现了什么差错。比如说，拥有最终决定权的人突然感冒，所以要迟一些公布结果，或者因为电脑出现了问题，导致我的电话号码突然消失，说不定他们现在也在为此感到为难呢。

快到中午的时候，我去走廊鼓起勇气打了通电话。经过语音回复系统一连串复杂的内线电话后，好不容易才联系到了相关负责人。她的声音十分温柔。

我问道："请问几天前面试的结果已经通知完了吗？"

"是的。"

"那参加最后一轮面试的应聘者当中有被录取的人吗?"

"有。"

"好的,我明白了。"

熟悉的回答自动从口中蹦了出来。我的声音听起来没有夹杂任何感情,不,反而好像显得更加轻松似的。

我重新回到了我的座位。刘组长说中午要请大家去寿司店吃饭,但因为我实在不想装作若无其事的样子和大家一起吃寿司,便习惯性地再次用到了那个借口——

"不好意思,我和郑辰先生约好了待会儿一起吃饭。"

我在小区内的公园里走了走,看到附近有一些人在锻炼身体。有人在单杠上锻炼肌肉,有人顶着烈日气喘吁吁地在圆形跑道上不停地奔跑着。原来大家都在这么努力地生活啊……我的心顿时刺痛了起来。我终将无法走向明天,只能一直被无法摆脱的今天束缚着。我的人生将永远在相同的跑道里不停地绕着圈,直到结束的那一天……

正当我漫不经心地沿着跑道走的时候,突然被人说了一句:"没事儿干吗倒着转啊,撞着人怎么办!"穿着运动服的老奶奶瞪了我一眼,然后继续朝着前方快走,渐渐地从我的眼前消失。回过神来一看，只有我一个人在朝着反方向走。原来在这小小的公园里也有大家应该遵守的方向。如果偏离了这个方向，就会变成一个给别人添麻烦、欠思考的人。

我低着头坐在长椅上，双手伸向了大腿的两侧，用指尖来回抚摸着长椅上的老木纹，感受着木纹表面的粗糙感。正当眼泪要落下的时候，一个高大的身影突然挡住了我的脸。

"他是你编出来的人吧？"

我抬起了头，发现站在我面前的人竟然是奎玉。他朝我笑了笑，但那个笑容让我感到很不快。

"你跟踪我？"

"你说是，那就算是吧。其实我只是想来看看他到底长什么样。第一次没来，我以为你被放了鸽子；第二次没来，以为他可能就是个透明人；但第三次一看，那个叫郑辰先生的人根本就是你编出来的嘛。"

我顿时感到语塞，脸也呼地热了起来。竟然被他发现了，不对，应该说是被他看穿了。感到丢脸的同时，我真心讨厌起了奎玉。我好不容易才开口说道："在我的心里他就是真的，而且我真的很需要他。"

"那你什么时候会需要他？"

"为什么大家……"

我的声音变得越发尖锐，开始发起了火。

"为什么大家都这么自私呢？明明每个人都会有想自己一个人静静的时候，但轮到别人想要自己待一会儿的时候，大家为什么就不能由着他们去，给他们一点儿独处的时间呢？如果不是被逼到万不得已，我用得着编造出一个透明人来吗？"我吼道。

奎玉沉默了片刻。

"和一个想要独处的人在一起，这种事情可能真的只有郑辰先生才能做得到吧。那你就继续自己待着吧，我可没打算打扰你。"

本以为他就要这样走了，可他一屁股坐到了我身旁，把连在手机上的耳机插到了我的耳朵里。耳边响起了用钢琴弹奏出的不协和音程①，随后便传来了稍微带点鼻音的甜美的男声。这是小哈利·康尼克②的声音。我低着头正好看到了屏幕上显示着的歌名"*Don't Get Around Much Anymore*"。低沉却又丰满的旋律开始萦绕在我的耳边。无论是在空中飞翔着的鸟儿，还是在跑道上绕着圈的人们，在这一刻仿佛全都变成了为我一个人而存在的布景或群众演员。

风温柔地吹拂着我的脸，随后又往地上撒下了几片花瓣。天很蓝，而地面被染成了一片粉红色。我都不知道樱花是什么时候盛开

---

① 指听起来比较刺耳，彼此不很融合的音程。
② 哈利·康尼克（Harry Connick Jr, 1967— ），美国爵士歌手、演员、钢琴家。

的，而此刻，花瓣竟然已经开始轻轻地随风飘落了下来。我都没有意识到现在已是四月中旬。随着抢拍在第二拍的较为舒缓的摇摆乐节奏，我的情绪也慢慢地平息了下来。

音乐结束后，奎玉站了起来。他往前走了几步之后，突然转过身来问道："话说，他的名字为什么是郑辰啊？难道是你前男友的名字？"

我耸了耸肩，以此来代替回答。奎玉似乎明白了我的意思，举了一下手，随后便再次转身离去。看着他渐渐变小的背影，我的心里顿时感到一种莫名的安心。从指尖传来了一股暖流，随后它慢慢地蔓延到了整个身体。就好像突如其来的暖意一下子赶走了体内的寒气似的，我不禁打了个寒战。

说不定每次来见郑辰先生的时候，我的内心都盼望着能有一个人跟我说郑辰先生根本就不存在。希望能有一个人跟我说"你别一个人待着，我们一起去吃饭吧"。希望有一个人能向我伸出手，把我从孤独中解救出来……

春季学期转眼就要接近尾声，而尤克里里课不久之后也要结束了。除了一对兄妹和他们的母亲中途退了课之外，其他人都还在照常上课。尤克里里课会直接延续到夏季学期，预计到时候会进入中级课程。

那位忧郁的母亲的儿子表现出了超群的实力，而讲师则是通过教那个孩子来获得成就感。讲师给那个小男孩儿看詹姆斯·希尔[①]、杰克·岛袋[②]等尤克里里大师，以及夏威夷的天才少女弹奏尤克里里的视频，并对他进行了一对一的特别指导，自然而然就对我们这些只能勉强跟得上进度的学生不怎么上心了。男孩儿的母亲可能觉得有点儿过意不去，所以偶尔会给我们带一些自己亲手烤的饼干或面包来。在这十分常见却又很奏效的"美食安慰法"下，武仁和南恩大叔没有表示出任何不满，全程都在埋着头自己弹乐器。虽然我对讲师的这种授课态度很是不满，但鉴于自己是学院的内部工作人员，所以也不好对他说什么，只能独自拨弄着琴弦了。

在教室里，我们四个人并没有互相闲聊，也没有任何眼神上的交流。我们就像约定好了似的，在这明明已经是夏天却依然冰冷的教室里各自专注于自己手中的乐器。我们各自拿着一把尤克里里，弹奏着不同的音调。弹着弹着，一个想法突然从我的脑海中一闪而过——就像现在这样独自拨弄着四条琴弦从而发出柔和又低沉的声音，这种毫无意义的行为难道不就是人生吗？

---

① 詹姆斯·希尔（James Hill），加拿大指弹尤克里里大师。
② 杰克·岛袋（Jake Shimabukuro, 1976—　），出生于美国夏威夷州，日裔美国人，尤克里里演奏家。

　　　　　　　＊＊＊

　　一个星期五的早晨，我收到了金部长发来的短信。短信里写着："别跟任何人讲，午休时间我们在附近的咖啡馆里见一面吧。"看到短信的那一刻，我的身体突然僵住了。金部长最近话少了很多，自从上次发生了恶搞纸条事件之后，他就好像变成了另一个人似的，经常一个人静静地待在办公室里，不怎么和其他人交流。而且他前两天突然请了假，之后就再也没来上班。可他为什么突然要见我呢？

　　正当我在咖啡馆门口东张西望时，他突然出现在了我的面前。他的头发像准备公务员考试的学生一样乱蓬蓬的，脸上粗大的毛孔也全都垂了下来。

　　这是我第一次和金部长单独坐下来聊天。近距离一看，他比我想象中的要老很多。本来他才五十多岁，但不知道是因为突然变老了还是有其他原因，他现在看起来就像是一个六十出头的人一样。从两边开始变得斑白的头发没有丝毫光泽，而泛着油光的头顶上布满了大块的头皮屑。就连喝咖啡的时候，他也在不停地挠头，所以我只能偷偷往后挪了挪椅子。他一开始用天气之类的话题开了个头，随后便开始说起了正题。

　　"没想到我第一个告诉的人会是智慧你。我从下周开始就不来上班了，这段时间辛苦你了。"

我被这突如其来的消息惊得目瞪口呆。金部长辞职了？这件事已经不能用震惊一词来形容了。虽然他那专制的态度，以及一些不良习惯令人难以忍受，但金部长是这家学院的顶梁柱是毋庸置疑的事实。策划课程，引进人气讲师，确保了固定的会员群，从而让钻石学院在业内站稳脚跟，这些大部分都是金部长的功绩。

"虽然办公室里的其他人都还不知道这件事，但上级已经受理了我的辞呈。等周末办公室里没人的时候，我就去收拾东西。"

金部长长地叹了一口气。

我不由自主地颤抖了起来："是因为那张恶搞纸条吗？"

金部长的脸上露出了淡淡的笑容："不，和那件事没关系。当然，收到那封信之后我的确改变了不少。"

感到庆幸的同时，心里还是有点儿不安。然而他接下来说的话让我感到十分意外。

"说是辞呈，其实就是被公司开除了，因为我是收到了公司发来的劝退邮件才递的辞呈。其实，就是寿命到了而已，反正我在这家公司就像是戴着人工呼吸器苟延残喘地活着似的，迟早都要结束。"

我忽然想起之前从别人口中得知的他的事情。据说，他有很长一段时间在总公司混得风生水起，之后才被调来这家学院工作。我以前并不知道这中间还有其他缘由，没想到今天竟然能听他亲自讲起这段故事。

金部长在总公司的食品营销部干得很好,然而眼看新产品马上就要上市的时候突然发生了一个意外。总公司准备上市的新产品和其他公司即将上市的产品从成分到风格全都十分相似。虽然当时有"是关系好的后辈干的""对方公司从我们这儿挖走了情报"等各种传闻,但归根结底这是金部长的责任,因为他是新产品的负责人。

"我一到公司就发现我的办公桌被抬到了外面的走廊里。但就算如此,我也每天照常上班,我坐在走廊里的那张桌子上工作了整整一个月。我每天去找当年跟我一同入职的同事求情。虽然以前是在同一时间一起进公司的同事,但那个时候我跪在了他的面前,所以这才勉强保住了工作,被调到了这里。"

金部长的声音变得越来越小。

"说实话,我来到这儿之后真的很努力地在工作。就凭着'绝对不能输'这个念头,我绞尽脑汁、竭尽全力地去证明自己的实力。这真的是一场越想赢就越容易输、越用力就越会沦陷的既卑鄙又拙劣的游戏。但我的确做出了一番成绩。"

"可您为什么会被……?"我含糊地问道。

"我的人事考核结果不太好。可笑的是,自身工作能力强和被别人认可完全是两码事。这就关乎到情商,要有眼力见儿,而我恰恰就是个没有情商的人。虽然我不知道那封恶搞信是谁写的,但刘组长肯定已经向总公司那边报告了这件事,所以它才会反映在我的人事考核评语里。可你知道更可笑的是什么吗？公司那边竟然说那封信是谁写的并不重要，也根本不想知道那是谁写的……"金部长凄凉地说道。

我紧张地偷偷抠着手指甲，问他接下来有什么打算，结果他把目光转向了远处。

"被公司解雇的人能做的也就只有个体经营这一条路了。有些人一开始又是创业又是做买卖的，但我发现大家折腾一阵之后最终选择的还是那条路。过几天，我得去再就业博览会看看，怎么也得给自己谋一条生路啊。说不定你以后会在炸鸡店碰到我呢，到时候肯定多给你加点量。"

他说着并不好笑的笑话，脸上露出了一抹苦涩的笑容。

"总之，谢谢你了。智慧你心思单纯而且工作态度又很认真，这是大家有目共睹的事实。所以，我向公司推荐了你，跟他们说比起从外面选人进来，倒不如从公司的实习生里面选一个人来转正。毕竟智慧你对这份工作充满了热情，不是吗？"

一听到"热情"这个词，我突然感到胸口发闷。

"我想在离开之前做一件好事，就当是弥补我之前造的孽吧。所以今天约你出来见面就是想亲口告诉你：恭喜你，智慧，你马上就要成为学院的正式员工了。"

我顿时感到头脑发蒙，不知道该说什么才好。心里总觉得有点儿怪怪的，所以也高兴不起来。金部长似乎看出了我的心思。

"你不用这么看着我,其实我也不是从一开始就是这样的人。在你出生的那年,我也到大街上参加了烛光集会。'这个社会已经乱套了,所以要去改变它!总统应该由民众直接选举,交出投票权来!什么调查员"啪"的一声一拍桌子,他就"呃"的一声倒地死了①,简直就是在胡说八道!……'为了喊出这些话,我每天都躺在大街上扯着嗓子大声唱歌。那个时候,我把个人的安危抛在了脑后,因为改变现有的世界远比个人安危重要得多。"

金部长的嘴角颤抖着,而那张嘴的两侧有两道法令纹像一对括号一样拉得很长。

午休时间快要结束了。金部长似乎突然打起了精神,随后便站了起来。我久久地望着他远去的背影,试着从他身上找出当年在广场示威的那个意气风发的年轻人的身影。然而我并没有从那下塌的双肩中看到那个青年的身影,眼前只有一个老去的市民在逐渐离我远去。

就这样,历经了十个月的实习期之后,我终于成了学院的正式员工。

---

① 这句话引用于"朴钟哲拷问致死事件"时警察的虚假陈述。1987年,韩国发生了一场推进修改宪法的运动,参加这场抗议活动的大学生朴钟哲被当局警察逮捕后,在严加拷问之下毙命。而在媒体舆论的压力下,警察隐瞒事实真相,谎称警察并没有对朴钟哲用刑,说他死于意外。"朴钟哲拷问致死事件"成了韩国"六月民主抗争运动"的导火线。

13. 自我启发的时代

转正以后请最好的朋友吃顿饭所带来的喜悦感,是那些没找到工作的人万万体会不到的。这句话虽然听起来没什么大不了的,却恰好说出了我那天的心声。多彬真心地为我感到高兴。看着她湿润的眼角,以及每隔几秒就跟我说"祝贺你,真是太棒了"的样子,我为之前独自在心里产生的疏离感感到了羞愧。

"我真希望你能一直坚持下去。"

一听到这句话,我也跟着鼻尖泛酸了起来。

我知道多彬为什么到国外闯荡并彷徨了一阵之后,那么早就选择跳入婚姻的制度当中。我也知道为什么她明明那么有进取心却没有抗拒父母的意愿,最终还是举办了婚礼。

多彬曾经有一个和她长得一模一样的双胞胎妹妹,她们无论走到哪里都会手牵着手。有一次,多彬的父母带着两个孩子到首尔来玩,在首尔的亲戚家里住了三天。准备回家的前一天，他们去了一趟附近的百货商场。这是他们有生以来第一次来到如此华丽的地方，里面的商品琳琅满目，到处闪烁着耀眼的光芒。然而那天，那家百货商场突然倒塌了。多彬和她的父母活了下来，她的妹妹却不幸死在了里面。那对双胞胎姐妹从灰色墙壁的缝隙中拼命地朝外伸出了她们细嫩的小手。但是先被救援人员救出来的人是多彬，而当多彬的身体被拽出来的那一刻，妹妹头顶上方的墙面突然塌了下来，只剩下从墙缝中伸出来的那只小手还依然朝着多彬。

多彬是一个一直想从妹妹的阴影中摆脱出来，却始终忘不了那一幕的孩子。这就是留给幸存下来的人的负担。所有人都会用眼神对她说"你不是被救出来了嘛"。只有自己一个人活了下来的事实成了一种罪恶感，而幸存下来的人因为背负着那份罪恶感始终无法向前迈进。那份罪恶感使她对人生感到彷徨，也无法坚持自己想做的事情。这就是多彬在赤道另一边的烈日下提供廉价劳动力之后，最终还是回到自己的国家，为韩国增添了一名人口的原因。

正当我想着那件事的时候，多彬再次跟我提起了玄晤。多彬的老公是玄晤的朋友，所以她才会偶尔知道一些有关玄晤的消息。其实我也早就听说了玄晤已经从英国回来了的消息。

"你不打算跟他联系吗？"多彬试探性地问道。

我摇了摇头。

其实上次多彬告诉我玄晤回来的消息之后,我就和他见过面了,但我实在不敢把这件事说出口。

※ ※ ※

蜂窝比萨片①。使一对男女成为情侣的契机十分多样,而对我们来说,那份契机就是蜂窝比萨片。上学的路上,地铁站内,隔着适当的距离坐在一起的一男一女,放在身旁的两包蜂窝比萨片。我的手不小心伸进了他那包薯片袋里。

"啊,对不起。"

"没关系,您继续吃吧。看来您也喜欢吃蜂窝比萨片啊。"②

"正如您所见,我很喜欢。地铁来了。"

"算了,坐下一班吧。既然您已经开始吃了,那就等您吃完再走吧。"

蜂窝比萨片成为将我们两人命运般地牵到一起的幸运薯片。蜂窝比萨片象征着我们命中注定的爱情。

长达五年的恋爱,早已过了保质期的荷尔蒙。像跷跷板一样倾斜的命运,一头是在入职考试中屡次失败的我,另一头则是被公司派遣

---

① 农心推出的一款膨化薯片的名称,有着蜂窝的形状和比萨味道。
② 因为两个人第一次见,为表礼貌,所以使用了敬语。

到国外工作的他。越来越频繁的争吵，正巧出现的像样的借口，异地恋，吵架，和解，吵架，和解，逐渐疏远，最后通过邮件分手。

现在回过头来一看，那也不过是一段普普通通的恋爱而已。但那时候我真的以为那是世上最特别、根本无法向别人解释清楚的那种爱情。总之，分手之后我的确心痛过。和玄晤的离别象征着某样东西，那是一种自己人生中的一部分完全被撕碎的感觉，因为和他在一起的那段时间是我人生中最美丽、最灿烂的时光，而当那段时光最终落下帷幕时，我伤心得哭了很久。命中注定的爱情就这样结束了，剩下的就只有让人泄气的回忆而已。

真正的结尾。玄晤正坐在我的面前。乍一看他还是跟以前一样，但仔细一看就会发现，现在的他有了一些我所不知道的新的喜好。比如说，他留着他之前最讨厌的double-cut[①]，穿上了之前不怎么爱穿的长款大衣，还有他之前明明跟我说"男人还喷什么香水"，现在却隔着老远都能闻到他身上的那股香味。是啊，毕竟都已经过去了三年，人总是会变的。玄晤默默地把装着花生的碟子递到了我跟前。一看到他的指尖，我便想起了他之前的指甲形状。末端很圆的指甲、只有我才知道的一些习惯……那些无法继续装在心里的隐秘的回忆重新浮现在我的脑海里。

然而，我们之间发生了一个根本性的变化。不是说玄晤给我递了

---

① 一种两侧不对称的发型。

一张结婚请柬，或者做出了多么浑蛋的事情。如果非要找出一个理由的话，应该就是因为我们俩都不再吃蜂窝比萨片了吧。

我们互相道了别。虽然只是简单地说了一句"再见"，但我终于把紧紧锁在内心深处的大门打开，把他放了出去。这段结尾实在是写得太迟了。此刻，我发现内心所感受到的如释重负的舒畅感，以及终于能够坦然面对这一切的勇气远远大于悲伤的情绪。从这一点来看，这的确是真正的结局，这一切终于彻底结束了。

＊＊＊

成为正式员工之后的生活并没有发生任何变化。奎玉似乎并不在意我被提拔为正式员工的事情。他真心地为我祝贺，看起来没有丝毫不安或嫉妒的迹象。可能他认为自己只要有一份能养活得了自己的工作就行，其他的就无所谓了。但从我口中得知金部长的事情之后，他便陷入了沉思。

"奎玉你也应该很快就能成为正式员工了。"我对他说道。

但他只是静静地说了这么一句话："不，我并不是为了成为正式员工才来的这儿。"

然而我最终还是没能听到他内心的想法，奎玉留下的这句话也在我心中渐渐地模糊了起来。

总之，到了学期末金部长辞职一走，我们要做的事情就变得更多了，而我和奎玉依然要一起准备教学资料、整理教室，以及没完没了地复印材料。因为金部长的离职而变得最忙碌的人是刘组长。她说自己不想在这么小的组织里被别人称为部长，所以一直坚持着组长这个职务头衔，但她丝毫没有掩饰对于自己终于可以开展实质性的工作的兴奋。我一边做着之前一直在做的工作，一边又要和刘组长一起制订新的方案，累得精疲力尽。虽然刘组长嘴上说着等到秋季学期要再招一名实习生，实际上她却想要把因金部长离职而多出来的预算挪用到明星讲师的聘请费用或津贴上。

刘组长是一位实用主义者，她的首要任务就是要在6月份开始的夏季学期开设一门新的课程。刘组长主张要彻底改变人文学课程在学院里占据了一大半的现状。

"现在人们也应该开始通过课程来学一学处世之道了。"

"处世之道？"

刘组长严肃地点了点头。

"就是自我启发。现在可是自我启发的时代，不，就算说是自我启发类的书籍和课程的时代也不为过。既然他们交了钱，那我们就应该给他们一些等价的东西来进行交换，不能让他们觉得这个钱花得不值啊。比起毫无用处又马上会被忘掉的人文学，自我启发类的知识可强多了。这才是当下的趋势。"

会议结束后,我们决定干脆单独做出一个自我启发类的系列课程。虽然感觉我们学院变得越来越像百货商店里的文化中心,但我也没有办法来阻止刘组长的斗志。

金部长的离职给我的内心造成了很大的混乱。对这个世界感到愤怒的人应该是金部长,而不是我。我们并不敢肯定那张纸条完全没有对他的人事考核评价造成影响,虽然我没有跟奎玉聊过这件事,但感觉他好像也是这么想的。然而我什么也不能说出口,因为我才是从那场恶作剧中真正获利的人的想法,让我产生了罪恶感,而只有再也不会见到金部长的事实才是这份罪恶感的免罪符。

大部分的人际关系都会随着时间而逐渐淡化,但人们偶尔还是会遇到一些自己以为永远都不会再见到的人。我最近就经历过一次这种情况,那个存在突然出现在我面前,唤起了那段被埋在内心深处的耻辱的回忆。她教会了我什么是愤怒与绝望,是一个在模糊的记忆中仍然会使我感到痛苦的存在。

* * *

刘组长把自我启发类课程的目标人群分为家庭主妇、上班族、退休人员这三大类，并推荐了一些在自我启发领域里有名的讲师，然后忙着聘请他们到学院来讲课。一开始，不知道她是有多大的野心，竟然想把这些工作全都揽下来自己一个人做，可能等到她真正开始展开工作之后才发现有些吃力，所以没过几天便给我下达了指令，让我把其中一名讲师聘请过来。

"如果能把这个女人聘请到我们学院来讲课的话，学员爆满是迟早的事。到时候说不定还会像朴教授上课的时候一样，需要扩充听课名额呢。"

"她是谁啊？"

"孔允。你不认识的话就上网查一查。好好研究一下这个人，然后写一份课程企划书给我。"

刘组长朝我眨了眨眼睛。

我听过孔允这个名字，她最近经常出现在脱口秀之类的节目里，是一个知性的都市型女性。那天晚上，我在回家的路上买了一本孔允写的书，并一口气把它读完了。

我用一个半小时的时间读完了那本书之后，感觉自己买这本书所用的一万六千韩元花得有点儿不值。那本书的内容十分简单。在一家不错的贸易公司干得挺好的孔允有一天突然对这种生活产生了怀疑，便离开了公司。然后她拿着攒了很久的结婚资金及用来租房子的保证金出去旅行，直到把那些钱全部用光为止。在之后的一年时间里，她在欧洲、南美洲,以及非洲各地旅行,然后重新回到了仁川机场。当时,她的口袋里只剩下一张面值为一万韩元的纸币,也没有地方可去。摆在她面前的是一个全新的开始……

她和世界各地的朋友一起合影的照片像插画一样印在了书中。除了学非洲的部落舞蹈、在巴西摘咖啡豆之类的照片之外,还有在托斯卡尼的阳光下拍摄的自己的影子这类的照片。书中的最后一个章节是写给正在彷徨中的这个时代的女性的一些建议:制作自己的心愿笔记本,将目标形象化之后贴在房间里,每天称赞自己等等,感觉和其他讲述肯定论的自我启发类书籍并没有太大的区别。最后一页写着当自己遇到困难的时候每天都会背上一遍的独创"咒语"——

> 一切都将变成我所期望的样子。
> 像宇宙中的星星一样闪闪发光的我,
> 是这世上最特别的存在。

乍一看还挺像回事儿,但这本书所讲述的东西太过浅显而空洞,内容看起来又与同类的其他书籍大同小异,所以并不足以让人拿来借鉴。不过这倒是一本很适合在新年的第一天,坐在星巴克里就着一杯抹茶星冰乐读完之后再拿到二手市场去卖的书。我仔细地看着印在勒口上的作者的照片。展现出婀娜身姿的蓝色两件式套装裙、有层次的短发、非常自然却又不失亮点的妆容,我大概猜到了她擅长的是什么。别人之所以会觉得她的人生过得很潇洒、很精彩,是因为她懂得如何把自己的人生编造成一部电视剧,她知道自己该如何演绎出别人所向往的精彩人生。

孔允所能够吸引的年龄层往高了说是三十五岁以下的女性。对于那些已经步入人生正轨的人来说,用自己的旅行故事来劝大家放弃工作、勇敢追逐梦想的自我启发书根本就行不通。别人之所以会觉得她过得很潇洒,是因为年轻所拥有的一丝可能性,来自都市生活的虚荣心也起到了很大的作用。

我突然想到了一个很好的点子,便直接开始写起了企划书。毕竟孔允已经有了些许知名度,所以在一定程度上我们会利用她的名字来吸引人们报名,尽管如此,这门课还是需要一个看起来像样一点儿的名称。回顾自己的人生,可以选择离开的最后一次机会。我所想出来的这门课的名称就是"照镜子的女人"。

回顾、反省、反思,以及全新的开始,这一切都是从照镜子的行为开始的……这类句子开始飞速地出现在空白的页面上。我把很快就写完的企划书发给了刘组长。

"写得不错啊。"

刘组长一看到我便这样说道,她这已经算是在表扬我了。

刘组长把食指指向了我,开枪似的比画着说道:"聘请!"

我稍微修改了一下企划书之后，便把它附在了邮件里。我觉得用文字来邀请她显得更有诚意，成功的概率也会更高，所以就在邮件的正文里用十分恭敬、谦逊的语气介绍了我们学院，并且向她发出了授课邀请。我之所以把本身也没有多少的内容修改了好几遍，是因为这是我来学院之后所负责的第一件事，感到压力很大。正当我在无数次修改之下感到身心疲惫的时候，不知道是故意还是出于失误，我竟按下了发送键。

在那之后，我感觉心脏一直跳得很快，让我焦虑得难以忍受。虽然我每隔几秒就点击接收通知来进行确认，但如果对方把接收状态设置为不公开的话，我现在所做的就是一种毫无意义的行为。虽然感到很焦灼，但我有种很好的预感，感觉她的回信将成为我新工作的开始。正当我吃晚饭的时候，一封有礼貌的回信悄悄地探出了头。我像是在读一封来自恋人的信件似的，把那两句话读了一遍又一遍——

我可以去贵学院授课。

要不我们先约出来见一面，好好聊一聊怎么样？

孔允说比起电话，她更喜欢用邮件沟通，所以我给她回了封邮件，写道："您选一个地方吧，我去哪里都可以。"几封邮件来回之后，我们约好在合井站附近的一家书吧见面。

虽然是白天，但书吧里已经挤满了人。适合的音乐和噪声与淡淡的咖啡香融合在了一起，很多人都在看书或打开笔记本电脑认真地做着某件事。

我在一个角落里找到位置坐下来之后，给孔允发了条信息说我已经到了。正当我拿起一本杂志时，手机突然响了起来。我刚说完"喂，您好"，就看到坐在远处的一个女人正在看着我。是我之前在勒口上看到的那张脸。我面带着微笑向她走了过去。

孔允穿着一条紧身的紫色连衣裙，正跷着二郎腿靠在沙发上。刚走到她跟前，点缀着清爽图案的华丽的亮片凝胶指甲便最先映入了我的眼帘。我们面带着假装很高兴见到对方时才会露出的尴尬的微笑，摆出了因工作而第一次见面时才会有的表情。

"很高兴见到您，我是孔允。"

她朝我伸出了手。第一次见面时，一个女人主动示意要握手，而且还是一个女人主动向另一个女人伸出手，这并不是十分常见的打招呼的方式。一握住她的手，我便感觉到了从那只手传来的寒意，不禁打了个寒战。那只手很凉，却又有一种黏黏的感觉。她一开始紧紧地握住了我的手，随后便放轻了力度，感觉像是一条蛇紧紧地缠在了我的手上，然后一瞬间就溜走了似的。

"我们见面之前连通电话都没打过，感觉真像是在闪电约会啊。总之，很高兴见到您，我是金智慧。"

我明明只是做了个自我介绍，孔允的眼睛却睁得越来越大，似乎感到有些吃惊。不知缘由的我只能朝她耸了耸肩。她那双瞪大了的眼睛仿佛在回想着什么似的突然眯了起来。忽然有种不安的感觉迅速在我的心头蔓延开来。尽管时间已经过了很久，但这是我再熟悉不过的不安感。本以为那尖锐又痛苦的感情早已被我从记忆中抹去，但它竟然瞬间就从我意识的最深处醒了过来，刺痛了我的神经。

　　正当我意识到此刻内心所感受到的情感到底是什么的时候，她突然开口说道："你不记得我是谁了吗？"

　　没错，就是这个微笑。我绝对无法忘记的这张笑脸。那天，当她第一次问起我的名字时，也是这样笑着说道："我是智慧，和你的名字一样。我们以后好好相处吧。"

　　而此刻，时隔十三年，她再次站到我的面前，露出与当年一模一样的笑容并跟我说道："我是智慧啊。"

　　她的语气充满了自信，就好像世上叫智慧的只有她一个人似的。敲冰戛玉般清脆的声音，以及左嘴角往上翘起的嘴唇。一股冰冷的感觉袭上了我的心头，而心脏仿佛瞬间停止了跳动。站在我面前的人就是智慧。

　　智慧介绍自己时从来都没有说过"我也是智慧"。智慧一直就是智慧。如果说我只不过是沙滩里的一粒沙子，那她就是一个专有名词，是用粗体的大写字母写成的名字。她始终就是她自己。

　　我们以前是同班同学。点名册上她是"金智慧A"，而我是"金智慧B"。她从来都没有叫过我智慧。对她来说，我的名字从头到尾一直都只是"B"。

14.B

"我们不是朋友嘛!"

每当我快要忘记的时候,她便会这样说道。这句话是她用来收买人心的惯用手法,也是一种甜蜜的拷问。高一的时候我们俩在同一个班里,而新学期的第一天,我们俩又成了同桌。智慧跟我说,因为自己在这学期开始之前刚转学过来,所以在学校里一个朋友也没有,也不太熟悉学校附近的地理环境。我便随口说道:"我帮你。"于是她就跟我说:"放学之后,我们一起回家吧。"

"我有点儿认生,能不能就我们两个单独一起走啊?"

那个语气很难让人拒绝。她希望我能和我的朋友们分开,单独带她熟悉一下环境。虽然我跟朋友们解释,因为她刚转学过来所以暂时先陪她几天,但从那之后我和她们自然而然地就疏远了。我不知道为什么她选择的人会是我,可能只是因为第一个出现在她眼前的人是我吧。从那天起，我陪她一起吃饭，一起回家，还会倾听她的烦恼。

"谢谢你，闺蜜""晚安，闺蜜""我爱你，闺蜜"……她经常会给我发一些诸如此类的短信或写一些纸条，然而我们之间的这种闺蜜情谊并没能持续多久。无论在哪里都显得十分出众的外表及独特的气质，仅凭这一点，就足以证明她具有吸引别人的魅力，而"与她水准相符"的朋友开始一个接着一个地相继出现在她的身边。没过多久，她便根本不再需要我了。

我们不再一起回家，也不再跟彼此聊起心事。不过有一点还是没有变，那就是她依然会拜托我帮她做一些事情。每当这时，她都会笑着跟我撒娇道："我们不是朋友嘛。"然而当她的请求不知从何时起变成了冷冰冰的命令时，我们就已经不再是朋友了。一个对自己言听计从的孩子、秘书、帮自己跑腿的人，又或者是侍女或丫鬟，这就是智慧眼中的我，一个"B"所扮演的角色。

我的任务比较繁杂，去小卖部跑腿买零食是最基本的，除此之外，还要根据她那变化无常的喜好，利用午饭时间偷偷跑出校门给她买她所要求的卫生巾。像她的代理人一样把她的话传达给其他同学，每次都要主动替她准备上课所要用到的物品等，而这些事情也成了我的日常生活。

不过智慧从来没有抢过我的钱或对我使用暴力，每次都会把跑

175

腿买东西的钱如数给我,甚至偶尔还会送我礼物。在我生日的时候,她还会把写好的卡片和在百货商场里买的唇彩一起偷偷塞到我的书包里。我只能带着一种十分混乱的心情继续听从于她。其他同学在背后议论,说我收了一些物质上的好处才会对她如此言听计从,但他们并没有给我任何解释的机会。我是她的心腹,是一个还有点儿用处所以不至于扔掉的道具,是一个一句"我们不是朋友嘛"就能轻易说服、轻而易举就能弄到手的猎物。"这样的关系怎么会是朋友啊",我甚至都没有勇气把这句话说出口。

事件是从某一天班主任心爱的大象装饰品消失之后开始的。身为一名美术教师的班主任很喜欢布置我们班的教室,所以经常会把各种画和装饰品摆在教室里。虽然有传闻说,就是因为他这疯狂的收集癖好,老婆才会跟他离婚,但他根本就不在意这些。有一天,班主任带来了一个像哈密瓜一样大的玻璃大象摆件,他还不忘告诉我们,这是一位著名的玻璃工艺艺术家的作品,所以非常昂贵。但下课后,他忘了把大象带回教务室,所以在接下来的几个小时里,同学们便时不时地盯着那个长得十分滑稽的大象摆件咯咯笑起来。而那天体育课结束后大家回到教室时,发现玻璃大象消失了。

小偷不可能那么轻易就被抓住。班主任一整个学期都在努力想办法揪出那个小偷,而他的确有一股韧劲。放学后,当其他班的同学陆续走出校门时,我们班的同学们每天都要多留三十分钟。"要上补习班""家里有急事"等借口也都基本行不通。我们每个人都闭着眼睛,而班主任则在教室的前方来回走动,歇斯底里地不断重复道:"现在还不晚,只要拿走玻璃大象的人主动举手,这件事就算完了。"就这样我们每天都得忍受三十分钟的精神折磨。那个仪式持续了整整一个学期,而班主任却固执地说一定要找出小偷,所以下学期也会一直这么查下去,直到这个学年结束为止。

那个时候,我对自己给智慧跑腿的这种行为越来越感到怀疑,我感觉自我在渐渐消失,而我们之间的关系也越来越走向命令式的垂直关系。

"喂,B!"

智慧每天都会这样喊我。我的名字已经不再是智慧了,连班里的其他同学也都会叫我"B",这是我整个人生当中被人叫得最特殊的时候。智慧有了新的朋友,而我之前的好朋友也有了属于她们自己的话题,所以我自然是再也挤不进她们当中去了。虽然没有人欺负我,但也没有人主动向我伸出手,我在班里成了孤零零的一个人。我自己一个人吃饭,一个人回家,而在这种情况下,智慧吩咐下来的杂事却变得越来越多。是时候结束这一切了。

我们俩面对面地坐在芭斯罗缤冰激凌①店里。桌子上摆着三个种类的冰激凌,而这些都是智慧买的。

"我请客,因为我一直都很感谢你。不过,你刚才说有重要的事情要跟我讲,是什么呀?"智慧一边舔着冰激凌一边问道。

我想起了她刚刚甚至都没有问我要吃什么口味的冰激凌,便挺直了肩膀,吞吞吐吐地说道:"希望你以后不要再使唤我了。"

短暂的沉默过后,智慧"啪"的一声把勺子放了下来,然后托着腮默默地盯着我,看了好一会儿。

"你知道吗?我以为我们是朋友,就是那种关系特别好的朋友。"

我告诉她我曾经也是这么想的,但现在不是了。我并不喜欢我现在的声音,听起来像是一个犯了错的小孩子一样。智慧突然提高了嗓门,发出了银铃般的笑声,然后神神秘秘地小声说道:"你想来我家玩吗?目前为止还没有同学来我家玩过呢。如果第一个被邀请到我家来玩的人是你,你会觉得怎么样?"

话一说完,智慧便抓起了我的手。

智慧带我去的地方是位于学校后方的荒废的再开发地区。在胡

---

① 芭斯罗缤是世界上最受欢迎的冰激凌品牌之一,是目前世界上最大的冰激凌专业连锁。

同里绕了好久之后,我们在一幢看起来像废宅一样的阴森森的房子跟前停了下来。智慧打开了发出嘎吱嘎吱响声的门,大步走向了屋内。她突然停下脚步,回过头来笑着问道:"这就是我的现实。你被吓到了吗?"

虽然我极力否认说"不是",但那突然变高的语调连我自己听着也觉得像在辩解似的。我急忙跟着她进到了屋里。屋内是一片褪了色的古铜色,非常昏暗,而且空气也十分浑浊,到处弥漫着一股刺鼻的臭味。突然,从里面传来了一阵咳嗽声。

"那是我的奶奶,你要看看她吗?"

我摇了摇头,但智慧已经抓住了我的手,把我往卧室里拽。门一开,卧室里毛骨悚然的景象便即刻展现在我眼前。一位头发剪得短短的白发苍苍的老太太正躺在地上咧着嘴盯着天花板看,短促的咳嗽声就像节拍器一样有规律地响彻在房间里。

"奶奶,我来啦。这个是我的朋友。"

智慧说完便坐到地上,抚摸起了老太太的脸。那是一张布满皱纹的脏兮兮的脸,而老太太的周围胡乱地堆放着一堆垃圾。老太太慢慢地转过脸来用她那湿润的双眼看向我,而我被这突如其来的现实吓得赶紧低头移开了视线。

"你随便说什么都行,反正奶奶什么也听不见。虽然我也不敢肯定,但据我观察的结果来看,她好像真的听不到。谁知道呢,至少应该还有点儿思考的能力吧。"

智慧就像在介绍一个宠物似的若无其事地说道。虽然她嘴上说得很残忍，却依然在认真地抚摸着老太太的脏头发。

"所以说，这不是你的奶奶？"

"对啊。"智慧有些挑衅地回答道，"但是是我找到她的。她就是一个孤苦伶仃的老太太，根本没有人来找她。所以我说这是我的奶奶也没错吧？"

我很怕她那句话的背后还藏着"就像我把没人要的你当作自己的朋友一样"的意思。

其实，那栋房子和智慧没有任何关系。她只是在这附近闲逛的时候偶然发现了这栋房子，之后偶尔会进去陪老太太说说话而已。

智慧猛地站起了身，然后看着挂在墙上的那面模糊的镜子理了理头发。

"我之前把这间屋子翻了翻，发现她竟然是个受过教育的老太太。她在那个年代受过高等教育，后来还在学校当过老师，而且还有两个儿子呢。可谁能想到她在人生的最后会迎来这种结局啊？在不知道未来会变成什么样的这一点上，我觉得你我都一样。"

就在这时，老太太翻了个身，而我竟然在她身边看到了一件十分眼熟的东西。智慧察觉到了我的表情，急忙用被子把它盖住，但我还是比她快了一步。

"这个……"

我说到这儿之后,没能把话继续说下去。那是班主任的玻璃大象,它就像一个守护神一样静静地躺在正喘着粗气的老太太的怀里。智慧轻轻地叹了口气。

"它会对奶奶有帮助的,毕竟大象是福气和长寿的象征嘛。"

"可是,这是班主任的东西啊。"

"是啊,曾经是他的,但现在已经不是了。"智慧像是在开导我似的温柔地说道。

我不知道该怎么回答,便只能低头垂下了视线。于是,我看到自己的胸膛正在快速地起伏着,而在这狭窄的房间里,我的呼吸声大得让我感到羞愧。

"你对我失望了吗?"

智慧的眼睛亮得像在发光似的。虽然她的语气是亲切的,但我能明显感觉到她生气了。

"没有。"我急忙否认道。

"其实我也不认为自己做的是一件好事,我知道我做错了。但我根本就没有机会把它放回原处去啊。"

我的脑海中浮现出在长达几个月的时间里,每天放学后大家都要闭着眼睛坐在教室里的情景,以及班主任生气的面孔。你之前不是也抱怨过"那个小偷到底是谁啊,竟然让我们受这种苦"吗?没敢把这句话说出口的我顿时涨红了脸。智慧瞪圆了眼睛，渐渐地靠近了我的脸。

"看来你真的对我失望了。哎哟，脸都红了呀。"

"不是的……"

"不，你就是对我失望了。我只不过是想为一个可怜的老奶奶做件好事而已，可你根本就不想听我的解释。你对我来说一直都是一个很特别的存在，但你竟然想单方面结束我们之间的关系，甚至还怀疑起了我们之间的友情。"智慧一边抚摸着老奶奶的短发，一边说道，"我真的是……太伤心了。"

我实在受不了了，只想赶快离开这里。不知不觉间，这句话竟然从我的口中蹦了出来："我要怎么做才能让你相信我？"

智慧停下了手中的动作并十分欣慰地看向了我。她的那张脸仿佛在说"你现在可终于听得懂人话了，真让我感到高兴"。

"那就向我证明你对我的友情，替我把它放回原处吧。为了朋友，这点事儿你应该能做得到吧？"

我看向了老奶奶紧紧地抱在怀里的那头玻璃大象，它从始至终都没有说过一句话。

该上体育课了。大家都换上了运动服，然后跑去操场集合。我站在烈日下，不知道风里是不是有花粉，搞得我的脸一直又热又痒。接下来，两个人组成一队一起打羽毛球，而我偷偷从队伍中溜了出来，回到了教室里。我紧紧地握住书包里的大象，但因为它实在太大，所以我用一只手拿不住它。心跳在加速，而脸也在发热。我悄悄地把手中的大象放到了讲台上。成功了！现在我只需要回到操场上，一切就大功告成了。我刚一转身，便与某人的视线相碰。刚刚趴在桌子上睡觉的同学正在盯着我看。我吓得不小心撞到了讲台，而大象就像一个不倒翁似的左右摇晃着，最终掉到了地上。大象被摔得四分五裂，而裂开的玻璃碎片则崩得到处都是。同学们开始纷纷回到教室。两个，不，是三个人。他们被眼前的场景吓得目瞪口呆，而我只是愣愣地站在原地，手不停地颤抖着。

那天放学前，班主任在全班同学面前把我叫了起来。他再三追问我偷东西的经过，而我自始至终紧闭着嘴，一句话也没有说出口。班主任用点名册敲了好几下我的头，而底下正有几十双眼睛在盯着我，用眼神来骂我、指责我。我看向了智慧，希望她能帮帮我，可她戴着耳机看起了书。她似乎陶醉在音乐中，开始有规律地点起了头，那张脸看起来特别从容，仿佛这件事和自己毫无关系似的。

从那以后，我再也没有机会跟智慧说话了。高二刚开学没多久，她就跟着军人父母再次转学到了别处，而剩下的一切则都由我一个人来承担。在剩下的几年高中生活里,我一直被人叫作无耻的小偷。当我走在校园里,有时头顶上会飞来一封长篇威胁信。幸亏这种情况没有持续很久,因为有一次有人朝我扔石头并向我破口大骂的时候,我一边大声尖叫一边扯起了自己的头发。可能我当时看起来很吓人吧,总之同学们从那以后再也没有欺负我。而那件事带给我的心理创伤使我产生了社交恐惧症,并养成了低着头走路的习惯,我不能正视别人的脸也是那时候的经历所留下来的后遗症。

智慧离开以后,我曾去那幢废宅附近转过一次。那个位置已经完全变成了一片空地,而空地上很快就盖起了高层住宅楼。老太太那间昏暗而诡异的房间就像是只存在于我心中的海市蜃楼一样,在哪里都找不到它们的确存在过的证据。

长大后,那段记忆依然像噩梦一样一直缠着我、折磨我。那个梦总是从我一边捡起打碎在地上的大象残骸,一边大喊"这不是我干的"开始。我的声音明明很大,却没有一个人在听我说话。我声嘶力竭地大声喊了起来,然而他们什么也听不见。我一直拼命挣扎着,最后终于瘫坐在地上哭了起来。突然,我的头顶上传来了一丝温暖的感觉,有人在温柔地抚摸着我的头。我一抬头,便看到智慧正站在我跟前。她穿着轻轻飘逸在风中的白色长睡裙,低头看着我并安慰道:"没关系,虽然别人不知道,但我很清楚,你没有做错任何事。"我开始抱着她哭起来。突然,我发现握在我手中的那只手太过消瘦,抬头一看，一张丑陋的面孔正朝我微笑。那是一张布满了皱纹的黝黑的脸。我眼前的人正是智慧之前带我去看的那个老太太。我吓得身子都在颤抖，一下子从梦中醒了过来……

15. 逃避

水从淋浴头里哗哗地喷了出来。当落到头顶上的热水流到脚尖时,水温早已变凉。我的身体到现在还在颤抖。她现在的名字已经不再是金智慧,而是金孔允。她说金孔允这个名字是她在起名所花了大价钱起的,而且很早之前就已经申请改名了,她工作时用的是自己的笔名——孔允。

她冷笑着说道:"说句实在话,智慧这个名字实在是太普遍了。"

我和孔允并没有聊很多事情,一切话题都只围绕着工作。我们若无其事地讨论起了有关课程的计划,我把不停颤抖着的手藏到了膝盖下面,并跟她说明了报酬及授课时间等问题。

离开前,她说道:"其实我偶尔想起过你,想你是不是还在埋怨我。不过这毕竟都已经过去了这么久,都是小时候发生的事情嘛。"

话一说完，她便朝我咧嘴一笑。她笑起来左嘴角会翘得更高，还会凹进去一对小酒窝，在这张笑脸面前我总是会输。时隔十三年，现在的我依然只能朝她淡淡一笑。一股深深的挫败感笼罩着我。

我蜷坐在浴室的地上，从淋浴器里喷出来的水像暴雨一样打在我的身上。我感觉现在的我和上高中的那个时候比起来一点儿都没有成长，还是那么懦弱。

我内心盼望着她的课能被取消，然而事实就好像在证明我的期盼只是徒劳似的，这门课的听课名额没过几天就被抢光了。我努力调整自己的表情，把她带到了教室，然后透过窗户偷偷看她上课的样子。虽然是第一堂课，但她并没有用自我介绍之类的不必要的事情来打发上课时间。她一边讲课，一边做着手势，话说得十分干脆利落，整个人散发着一股自信的光芒。她的脸变了许多，虽然以前也长得漂亮，但把眼睛和鼻子稍微整了一下之后，整个人看起来完全不一样了。要不是她先过来跟我打招呼，我肯定认不出她来。如果她没认出我来该多好啊，那我和她一起工作起来肯定就顺心多了。

"有什么事吗？"

奎玉突然出现在我身旁，拍了一下我的肩膀。我并没有回答，只是无力地笑了笑。毕竟这不是我能解决得了的问题，所以并不想跟人提起这件事。

每当我感到心情不好的时候，便会去参加奎玉、武仁，以及南恩大叔之间的聚餐。虽然我们已经有一段时间没有展开任何"特殊的活动"，但每次和他们聊天时，我都会感到很快乐。然而这种快乐也只是暂时的，每次和他们聚完之后走回家的时候，自己好像成了一个落伍者的感觉就会变得更加强烈。我仍然迈着疲惫的步伐，慢慢地走向那简陋的半地下室，而这意味着我终究什么也没能改变。我连自己的事情都搞不定，还按自己的标准来评判这个世界、评判别人，这种行为就像是不该有的虚荣心似的，让我的内心感到十分沉重。

对我来说，在学院里碰到孔允是一件十分尴尬的事情。我的生活开始以有她的课的周三为起点，以一周为单位重新进行了调整。而和平只从下课后的周三晚上开始一直维持到周五晚上。一到周六早晨，我就会慢慢地产生一种不舒服的感觉，而这种感觉会在周末这两天转变成物理反应，我会发烧、咳嗽，身上还会起疹子。不管在多远的地方，只要我一听到孔允的脚步声，身体就会自动感知到她的出现。

相反，奎玉和孔允的关系似乎变得亲近了不少，都已经到了可以开各种玩笑的地步了。孔允好像对奎玉很感兴趣，所以她显得更主动一些，一看到奎玉就会走上前去主动搭话，偶尔还会给他买饮料。每当我在办公室里听到从走廊传来的奎玉和孔允的笑声时，就会感觉自己变得很渺小。所以我故意对奎玉很冷淡，想从学院辞职的想法也在心里越来越强烈,而使这种想法变得迫切是因为在课程进入中期的某个周五的公司聚餐时发生的一件事。

* * *

我以为这是学院员工们之间的聚餐,但我去了之后才发现有几位讲师正坐在聚餐的桌位上,而且奎玉竟然也来了,没过多久孔允也到了。她一来就和大家打成了一片,而我为了不去看和奎玉笑着聊天的孔允的样子,不停地喝着啤酒。当我喝得脸微微发红时,正巧和孔允视线相撞。她露出了十分夸张的表情,向我提议干杯。我默默地举起了酒杯,而她则用自己的酒杯重重地撞了一下我的酒杯。

随着酒杯碰撞时所发出的"咣"的一声,她向在座的所有人大声说道:"大家知道吗?智慧和我可是高中同班同学呢!"

"真的吗?"刘组长一问,孔允便十分惊讶地看向了我。

"你没跟大家说吗?"

"嗯……毕竟我们在这儿的工作也不一样嘛。"我吞吞吐吐地说道。

"是这样啊。我们以前关系特别好,一起吃饭,还一起回家呢。那个时候,我还欠了智慧好多人情呢。"

"欠了什么人情啊?"奎玉突然问道。

"怎么说呢，应该算是友情债吧。"孔允意味深长地说道。

我听到好多人都在问那到底是什么债。

"要不你来说吧？"孔允朝我试探性地问道。

我并没有回答，而是赶紧拿起了手机。

"喂，您好？嗯，嗯。"

我走到一个角落里，随便扯了几句后便挂了电话，重新回到了聚餐桌上。

"不好意思，我得先走了。有个朋友一直在等我过去。"

"谁啊？是男朋友吗？"

孔允那尖厉的声音穿透了啤酒屋内嘈杂的噪声，最后传到了所有人的耳朵里。

"应该是吧。虽然我们也没见过，但好像是她的男朋友……是男朋友吧？"

刘组长替大家问道。

"是，是我的男朋友。"正向出口走去的我转过身来小声回答道。

回家的路上，寂寞的感觉使我的脚步变得越来越沉重。这是我第一次和郑辰先生一起喝酒，之前一直都是一起吃饭或喝茶，这还是头一次以和郑辰先生一起喝酒为借口溜出来，而这也意味着我是第一次独自在酒馆里喝酒。我来到之前和大家一起来过的黑胶唱片啤酒屋。店里客人很少,我背靠着墙坐着,拿起啤酒瓶直接喝了起来。可能因为刚刚已经喝了不少酒,所以当微辛的液体流进我的喉咙里时,这个身体仿佛已经不再是我的身体似的,感觉变得十分迟钝。我决定辞职,明天就去公司递辞呈。我又喝了一大口酒并安慰着自己。毕竟想要赶紧摆脱这种情况,除此之外我也没有其他办法了。

"真是的,你怎么这么不听话啊。我不是跟你说过别再和郑辰先生见面了嘛。"

有人坐到了我对面,那个人是奎玉。

"你怎么来了?"我用捋不直的舌头费劲地问道。

"你说为什么?我本来想找个机会跟智慧你告白的,但没想到你竟然去找男朋友了,所以我就想来看看我的情敌到底长什么样咯。"奎玉轻轻笑道。

"我现在没心情和你开玩笑。"短暂的沉默过后,我重新开口说道,"我打算辞职了。"

"为什么?"

"突然有了一个不得已的理由……"

奎玉呼了一口气,好像觉得挺有趣似的开始用手指轻轻地敲着桌子。

"你才刚转正没多久就能这么轻易地说辞职,看来你的人生一直以来都过得很轻松、很顺利吧?"

"我从来都没有觉得我过得轻松过。"我瞪向了奎玉,"所以我现在开始想过得舒坦一些,什么梦想啊,想要做的事情之类的,我都不想再去想了。我只希望自己以后不用再被别人欺负,只想每天都能过得舒舒服服的。你知道我最讨厌的话是什么吗?就是'激烈',就是'人一定要在激烈的竞争环境下努力地活下去'这种话。我真的是受够了这种'激烈'的生活。我到现在为止一直都是这么拼命活过来的,可就算我再怎么努力,结果不还是这样吗?我都到这个年纪了,还过成现在这个样子,所以以后不想再过得那么'激烈'了。"

我就像在把所有的怒气都发泄在奎玉身上似的,声音变得越来越大。为了让自己镇定下来,我不停地用手往脸上扇风。

奎玉把一大把爆米花塞进了嘴里,把它们吃完之后他开口说道:"我有件事想问你好久了,可以借今天这个机会问问你吗?"

"随你便吧,反正你已经在问了,不是吗?"

"我发现你好像觉得自己一直在前进,那我倒想问问,你是明知道自己在逃避却装作一副不知道的样子呢,还是真的以为自己在向前走呢?"

我为了把这绕来绕去的话给理清楚,想了好一会儿。我真讨厌奎玉在这种情况下还要把话说得这么绕。

还没等我回答,奎玉就抢先说道:"如果你之前没想过这个问题，那就好好想想吧。"

他的身子突然朝我的方向靠了过来，并轻声说道："还有，你以后就别再见郑辰先生了。因为他是个一点儿营养价值都没有的朋友！"

我摇摇晃晃地走回了家。好不容易打开门，我急忙甩掉鞋子，跑到卫生间干呕起来。我明明难受得想吐，却什么也吐不出来。连呕吐这种事情都不能随我的意，这个世界到底为什么要这么对我呢？因为这么点儿小事都不能随自己的意愿，我便伤心地大声哭了出来。不知道是不是因为醉得太厉害了，眼泪都没挤出几滴来。我双手扶着洗手台，抬起头看向了镜子。镜子里正站着一个三十岁的，还算年轻的落伍者。不，因为没有成功过，所以根本也谈不上"落伍"一说。因为我的人生从来就没有顺利过，所以连"低谷"这种词对我来说都是一种奢侈，我只是一天天地活着而已。我的能力和本事有多大，我就过着什么样的生活，我的性格是什么样，我的人生也就是什么样。这就是我。

回过头一看，我的人生的确如此。没有一件事是按照我的想法进行的。在关键时刻，我总是会保留住我所下定的决心。我永远都离不开郑辰先生，也肯定不会冲动地去递交辞呈。我根本不知道奎玉口中的"逃避"竟然是这个意思。

16. 确认存在

孔允与"诚实"这个词的距离很远。一个学期一共有12节课,而她现在已经旷了两次课。她一旷课,我们就得根据规定提前通知并退一部分听课费给学生们。刘组长跟孔允说,根据规定我们会从讲课费里扣除相应的金额,而孔允却一脸无所谓地点了点头,那个表情好像在说这点儿钱自己根本就无所谓似的。虽然她旷过课,但至少在给大家上课的时候,她的态度非常认真,这也是为什么至今没有学生跟我们抱怨过她。虽然这也是一种能力,但从管理者的角度来说,她旷课的行为的确让我们感到很头疼。每次上课的时候,她都会踩着点来,而且到达之前她根本不会接电话。以"工作太忙""开车来的时候没时间"为借口,她特地拜托我们提前帮她买好咖啡。

孔允很喜欢喝咖啡。她说如果自己不喝那家的咖啡,就提不起精神来,实在没法儿上课。她喜欢的咖啡店要从我们学院走出去,过条马路之后大约再走七分钟才能到。那个牌子刚引进韩国没多久,所以门店也就只有那么几家而已。每次上课之前都要跑这么远给她买杯咖啡回来,的确挺麻烦的。她要的是加了三份浓缩咖啡的热美式,而且咖啡一定要装在她的专用保温杯里才行。

如果一开始她就拜托我给她买咖啡,我肯定会想办法拒绝。但问题是,是刘组长给我下达的指示。

"以后孔允老师上课前,你给她准备咖啡吧。"刘组长把孔允的银色保温杯放到了我跟前,说道。

"我们用不着给她准备这种东西吧。学院的员工又不是专门给她跑腿的人。"

然而刘组长并不明白我的心思,她以为我这是在跟她顶嘴。

"翅膀硬了呀,智慧。你是不是觉得成了正式员工之后,马上就有了改变惯例的特权啊?你觉得在公司上班的白领里,有几个人能天天做着自己认为合理的工作啊?你以为大家都不知道这些事情不合理吗?大家只不过是为了让事情能照常进行下去,没办法才去做的。给我吧,你不想做,那就我来做。"

我不想再引起不必要的误会,也不想和她吵架。我连忙说了句"不是",便把那件事揽在了自己身上。

那天,一共两个小时的课,孔允才刚上完一个小时便突然走出了教室，而且她其至都没有提前跟我们说明一下情况。学生们那天似乎也觉得有些荒唐。孔允说自己得去新书的签售会，希望我们能谅解，说完还朝我们笑了笑。她说自己也忘记了签售会的事，所以没能提前告诉我们。

"你这么做会让我们很为难的，你大可以提前告诉我们啊。这都已经是第三次了，每次挨骂的可都是我们。"

这种程度的话，我还是可以跟她说的。我是成人，而且我们现在是工作上的关系。她接下来若无其事地说出口的话却使我感到十分压抑。

"所以呀，你就替我好好跟其他人说说嘛。就说我家里突然有急事，实在没办法才走的。朋友之间帮帮忙嘛。"

"不行，我不能找借口帮你骗他们。你去了签售会，说不定网上会出现活动的照片或新闻报道之类的东西。反正他们早晚都会知道真相，何必找个借口去骗他们呢？而且比起费尽心思找个借口，我觉得你倒是应该郑重地去向他们道歉。如果忘了提前告诉我们，那你至少应该现在就去办公室里跟大家说清楚呀。"我用颤抖的声音说道。

"是吗？但我现在没时间去跟他们解释。话说，你刚刚话说得是不是有点儿太重了？"

"没办法，这毕竟是工作。"

孔允挑了挑眉。她突然双手抱臂，不满地哼了一声。

"行，工作是吧。好啊，那我也跟您聊聊有关工作的事情吧，金智慧小姐。我发现您刚刚给我买错了咖啡。我明明一开始的时候就把话说得很清楚了，我只喝装在保温杯里的咖啡。可您刚才把咖啡倒在了一次性纸杯里，然后就直接把它放在了我的桌子上。后来您明明看到桌子上咖啡洒得到处都是，竟然什么也没说就直接出去了。况且这也不是头一回了，您上次买的咖啡，等我喝的时候早已经凉透了，还以为您买的是冰咖啡呢。您以为我只是单纯地让您去跑腿买杯咖啡是吧？所以您是不是觉得特别烦？但对我来说，它可是上课前的必备物品啊。我一开始就把话说得够清楚了，可您对身为讲师的我这么没诚意，我还哪有什么兴致来这里授课啊？所以拜托您以后对我的事多上点儿心，还有，今天的事您回去爱怎么说就怎么说吧。反正智慧小姐您也没什么能力能帮我把事情挡下来，我到时候听从上面的指示就是咯。"

话一说完，她就走了。

我的脑子好像被按下了删除键似的，眼前一片空白。我双腿发软，无力地跌坐在了地上。教室里，几十把空椅子乱成了一团。而在教室的最前方，孔允刚刚坐着的那张古董椅子也被挪动了方向，正面向教室门口。

我想起了奎玉曾经说过的话。这么多把椅子当中并没有我的位置。一到时间就要进到教室里，在某个角落里站一会儿之后再出去，这只不过是我的任务而已。

"想什么呢？"

奎玉正站在我的面前。

"我在想我得这样活到什么时候。"

奎玉默默地环顾着四周，似乎在努力推理这句话背后的意思。

"'这样'指的是哪样？"

"把想说的话都憋在心里，然后把所有的箭都插在自己身上。我从很久之前就变成了这个样子，连自己都改变不了，还总是说这个世界这样那样的，真是可笑。明明就没有那个资格，还老是冲着上天指手画脚的。"

"你想做什么就去做吧，别总是纠结自己能不能做得到。"他说道，"不论是什么事情，智慧你都能做到。"

我不能继续这么活下去，不，其实我也可以选择继续这么活下去。每当我遇到这种情况时都会这样想，所以一遇到挫折我就会选择这样继续活下去。可我这次并不想这么做，我不想收拾别人离开时弄乱的椅子，我不想听着莫名其妙的指责还忍气吞声地一味保持沉默。

"我要去一个地方。"

还没等我想完，这句话就从嘴里蹦了出来，而我的脚步已经迈向了教室门口。

大型书店的门口印着很棒的一句话，"人造书，书造人"。我曾经有一段时间只要一去大型书店附近，就会感到很激动。那个时候的我以为自己以后肯定会成为一个更加优秀的人，但现在我都不记得上一次只是为了看本书才走进书店是什么时候的事了。

书店里挤满了人。我挤在人群当中，艰难地向某处走去。远处聚集着一群人，而她正坐在人群当中。打扮得漂漂亮亮的，在自己的书上签完名之后笑着与人们握手的她。教人们如何过上精彩的人生的她。然而对我来说，她只是一个给我的人生带来阴影的人，现在，我要把那道阴影从我人生中抹去。我穿过人群，走到她跟前。她一看站在自己面前的人手里没拿着书，便抬起头看向了我。我们四目相对。

"跟我道歉。"

一个低沉的声音从我心中迸发了出来。孔允一开始被我吓得愣住了，但没过多久她便扑哧一声笑了出来。

"道什么歉？"

"所有的一切。你擅自旷课，理所当然地让我帮你跑腿，本来就应该由你自己买的咖啡，还有你以前对我做的那件事也是……"

孔允睁大了眼睛，做出一副完全不知道我在说什么的表情，随后突然发出"啊"的一声后，便自己咯咯笑了起来。

她一手托着腮抬头看向了我，笑道："你追我追到这儿来就是为了说这句话？连工作都不管了？现在看来，你真得来听听我的课了。

需要我来告诉你你的人生为什么会变成现在这个样子吗？那是因为你自己选择了这种生活。"

我顿时感到哑口无言，嘴唇颤抖着。孔允轻轻地叹了口气。我在她的眼神里看到了一丝廉价的怜悯。

"你除了过现在这种生活之外，有过其他梦想吗？在我看来，你应该先问问自己这个问题，考虑清楚之后你来不来跟我道歉都随你便。"

周围变得嘈杂起来，四周响起了用手机照相的声音。有几个看起来像是签售会的工作人员一样的人正在快步向我走来。孔允面带一丝嘲笑，往后捋了捋自己的头发。站在我身后的男人手里拿着一本书，干咳了几声后便走上前来轻轻把我推开。孔允就好像什么事也没发生过似的笑着给他签了名。

我匆忙地逃离了那个现场。我隐约看到了人们投向我的视线。不，他们看的并不是我，对于他们来说，像我这样的人只不过是从属于某个景象里的一个物件而已，而这个事实让我觉得自己变得更加渺小。涌出来的泪水挡住了我的视线，突然，某个人的身体像一堵墙一样挡住了我的去路。我抬头一看，发现奎玉正低头看着我。一看到他，无声的泪水顿时就变成了大声的哭泣，憋在心里的声音终于迸发了出来。奎玉十分镇定地抓住了我的肩膀，然后把我带向了某处。我不知道他这是要带我去哪儿，我只是捂着被泪水弄花的脸，被他牵着从人群中走了出去。

一道门打开之后重新关了起来。嘈杂的噪声一瞬间全都消失了,只有我大声哭泣的声音响彻整个空间。奎玉按着我的肩膀让我坐了下来。这里是安全出口处的楼梯。

奎玉辩解似的说道:"刚才我叫你,你也不回答,就这么直接跑了出去。我怕你会惹出什么事儿就跟过来了。"

"我,我还是没做到。"我张开颤抖的嘴唇,艰难地说道,"我本来有些话一定要当着她的面全都说出来的,可我最终还是没能说完。现在的我只是变得比之前更可笑了而已,她肯定更瞧不起我了。我刚刚说的那些话最后只是证明了自己是一个多么微不足道的人而已。"

我把内心所想的话直接说了出来。不停往下流的眼泪和鼻涕混在了一起,搞得我每三秒就得吸一下鼻子。

"连你自己都这么说自己,看来你的确是个微不足道的人。"奎玉递给了我一块手帕,随后便这样说道。

我慢慢地抬起头看向他。他的表情很温柔,给人一种十分宽厚的感觉,并不像他刚刚所说的话那样冰冷。

"不过还是有一件值得宽慰的事实。"奎玉接着小声说道,"那就是我们全都是微不足道的存在,真的,都是无比渺小的存在。即便我们装出一副很特别的样子,但只要用显微镜仔细一看,你就会发现大家都活得很艰辛。不论用什么方式，我们都在为了让自己的存在得到认可而奋力挣扎着。"

"怎么得到认可？我连自己是谁都不知道，还能得到什么认可啊？"我都不知道自己在说什么，边哭边说道。

就在这时，一股柔软又温暖的气息裹住了我。

"那个烦恼。"

奎玉抱住了我。他那高大的身体正抱着我，我竟然一点儿都不觉得重，反而感到很轻、很温暖。他的声音变得很低沉。

"也许我们会一直被那个烦恼困扰，直到死去的那一天。在活到一百岁之前，我们或许一直都会想着相同的事情。我好孤独！我不知道自己是谁！我的人生到底有什么意义？每当我们想到这些的时候，肯定会觉得很痛苦、很可怕。但更可怕的是，有些人活着根本就没想过这种问题。大部分人都会选择回避这种问题，因为面对这种问题只会让人感到痛苦，而且根本就没有答案，只会让人不断重复着怀疑和探寻。人生归根结底就是一个不停对自己的存在感到怀疑的过程而已，它就是一个发现对自己的存在感到怀疑是一件多么罕见、多么痛苦的事情的过程……"

"别说了，别说了，我求你别说了！我现在需要的根本就不是这种话，不是说明，不是逻辑，更不是什么人生课堂！"

我终于忍不住大声吼了一句，随后便哭了起来。我把眼泪和鼻涕都蹭到了他的胸口。

耳边传来了低沉的声音，奎玉小声说道："啊，对不起，对不起。"

奎玉的格子衬衫被我的眼泪和鼻涕浸湿了。我感觉自己掉进了一块巨大的棉花软糖里，真想就这样直接睡去。隔着一道铁门，我都能听到从门外传来的人们的脚步声，以及人们正在找书的声音，但即便如此，我却感觉自己正身处于一个完全不同的空间里，就好像在昏暗却又温暖的宇宙里漫步似的。悲伤与屈辱感渐渐消逝而去，一种平静而隐秘的感觉正笼罩着我的身体。

当我的呼吸终于平稳了下来，而奎玉的衬衫也变得有些湿漉漉的时候，我松开了紧抱着他的双手，离开了他的怀抱。刚刚抱在一起的时候我倒没什么感觉，但现在反而感受到了一种十分奇妙的感觉。我们看向了彼此。

"刚才的拥抱感觉挺好的。"一句轻率的话从我的嘴里蹦了出来。

"那真是太好了。"奎玉像在称赞和自己毫不相关的事情似的笑着说道。

随后他接着说道："要不我们去喝杯啤酒吧？流了这么多眼泪，怎么也得去补充点儿水分吧。"

"啤酒是利尿剂，它会让体内的水分流失得更多。"我带着哭腔嘀咕道。

"所以，你不想去吗？"

"如果这回你不叫上其他人，我就去。"这比之前的回答更轻率。

奎玉吃惊地睁大了眼睛，随后慢慢地点了点头。

***

查特·贝克[①]正清唱着"*Blue Room*"。无论多么欢快的曲子，查特都会用他那独特的唱法给歌曲涂上一层冰冷又不安的色彩，而他所演奏出的小号的声音也是如此。如果只听他那略带忧郁而富有魅力的声音和演奏，可能会觉得他是个沉迷于爵士乐而远离学业的知识分子，然而他是个重度的吸毒成瘾者。他对毒品的上瘾程度严重到根本不是为了做音乐而吸毒，而是为了吸毒而做音乐，是一个不折不扣的瘾君子。就连这种琐碎的知识，我都是在准备教学资料的时候，在复印机前学到的。然而此刻，这一切都已经不重要了。在我出生那年去世的查特此刻正在这狭小的空间里只为我们两个人歌唱。在便利店买的廉价红酒正顺着喉咙在身体里甜蜜地蔓延开来。

[①] 查特·贝克（Chet Baker, 1929—1988），爵士乐歌手、小号手，以及作曲家，被称为爵士乐大师。主要音乐风格为冷爵士乐。

奎玉的家就像一个怪人的洞穴似的,到处都摆满了黑胶唱片、软木塞、烧酒瓶盖、因为被氧化而泛黄的书,还有很久之前流行的变形机器人之类的手办,而这所有的一切在一起时竟显得十分协调。这个酷似复古收藏家的房间与他非常相像,而我正与他单独待在一起。

查特的歌结束了,现在正播放着比尔·伊文思①弹奏的"*My Foolish Heart*"。他总是能温柔优雅地创造出透明而美丽的旋律,而我的心中也随之泛起了层层涟漪。我静静地用眼睛摸索着奎玉,他的指尖和嘴唇,他那浓密的眉毛……与我目光相对的奎玉露出了淡淡的笑容,而那个笑容竟使我的心刺痛起来。他的脸突然暗了下来,然后开始说起一些奇怪的话。

"我就是个矛盾体。虽然会说一些挺有道理的话,却根本不会表达自己的真心。因为每天都只想着未来,所以总是会错过现在。更可怕的是,我总是会自我合理化,告诉自己我只是做了一个正确的选择而已。因为只有这样做,我才不会被充满了后悔与自责的噩梦折磨……"

奎玉趁着酒劲说出的让人无法理解的话被淹没在音乐声里,听起来就像是背景音乐似的。紧接着低沉而慵懒的旋律响起,奎玉随着旋律吹起了口哨。甜美的声音与歌声融合在一起,使我的耳边有一种

---

① 比尔·伊文思(Bill Evans,1929—1980),一位杰出的爵士乐钢琴家。

酥酥麻麻的感觉。我呆呆地看着他的嘴唇，真想把我的嘴唇贴在那双嘴唇上。脸顿时热了起来，总感觉有句话要从我的嘴里蹦出来。为了堵住我的嘴，我一杯接着一杯地喝起了酒。有几次，我甚至咬住了嘴唇才好不容易把话憋住。憋了好久后，我终于还是忍不住把话说了出来。

"奎玉。"

他看向了我。

"我好像喜欢你。"

这是我人生第一次向人表白，我今天鼓起的勇气还真是多啊。我低下头，盯着地板看了好一会儿。奎玉的口哨声已经停了下来。我鼓起勇气抬头看向他。他并没有感到很惊讶，而是露出了一副悲伤又可怜的表情。他只是在用看受伤的动物的那种善良的眼神愣愣地看着我而已。

"喜欢我？为什么？我，可是我什么都没有啊。"

"你什么都没有，我就不能喜欢你吗？就算别人这么想，那也没有必要连我们也要这样想吧。"

我并不喜欢自己刚刚那种耍赖般的语气，还随便说出了"我们"这种词，但因为奎玉那副好像在拒绝我的表情看起来太可恶，所以我不禁提高了嗓门。

奎玉并没有被我的话绕进去，他安静地说道："如果我有件事瞒着你呢？那你也会和现在一样吗？就算我现在还不能把这件事告诉你，你也能一直理解我吗？"

"这个我也不知道，但我知道……"我没有继续说下去。

奎玉并没有动，是我靠近了他。我的头发垂在他的肩头，遮住了我们的脸。淡淡的气息轻拂着我的脸颊，感觉痒痒的。这个吻混合着清新的薄荷香和葡萄酒的香气，就像电视剧的最后一场戏里出现的那种吻戏一样又长又甜又安静。我慢慢地失去了意识。不知怎的，我竟然觉得这可能是我们的最后一吻，但不论如何，我现在都不想停下。

17. 不再是爱情

我睁开眼时发现奎玉并不在屋里，饭桌上摆着一杯牛奶，以及一盘还冒着热气的吐司。一想起昨晚的那个吻，我脖颈后面的汗毛就立马竖了起来。沿着我的后颈往上游走，最后伸进我后脑勺的发丝里的手指，我到现在还能清楚地记得那种触感。然而那晚我们没有再进行下去。奎玉之前所说的"我什么都没有"这句话一直萦绕在我的脑海里。我最终离开了他的嘴唇，而他也没有再挽留我。我本想站起身来走出去，但起身时身子晃了一下，我便直接瘫坐到了地上。昨晚的事情我就只记得这些了。

装着吐司的盘子旁边放着一张对折了的A4纸。看到里面的内容时，我不禁感到有些失望。上面画着一个大大的微笑符号"^^"，除此之外什么话也没有。我连吐司都没吃，逃也似的离开了他家。虽然那个表情符号可以解释成很多种意思，但对我来说它的含义太过明显——"昨天的事挺尴尬的,我们就把它忘了吧。"

从那以后,我们的关系变得十分尴尬。我们之间再也没有火花,更没有进一步的发展可言。即便偶尔与他视线相撞,我也会马上移开视线。

是我先靠近的他,他只是没有拒绝我而已,而且他也没有再挽留我。他这么做说不定是在为我着想,或者说这可能是他作为一个朋友为我做出的最好的选择,因为正如他所说的那样,我们真的一无所有。这么一想,我倒觉得很庆幸,我说不定是在完全陷入危险的冒险之前及时守住了自己。尽管如此,我还是觉得很丢脸,恨他太无情。然而在那种情况下我能做的就只有一件事,那就是不退缩。即便犯了错、闯了祸,也要站在原地,决不能后退,就算那是个失误,也不能选择逃避。

我们依然会在复印机前碰见彼此,一起整理椅子,一起上尤克里里课。在尤克里里的中级课上,我们正在学一首叫 *All Of Me* 的曲子。这首歌的原唱是法兰克·辛纳屈[①],是一首向对方表达爱意的歌,歌词讲述的是甘愿把自己的一切全都给心爱的人,希望她能把自己的一切都拿走的内容。如果把歌词直译过来,有些内容甚至可能会

[①] 法兰克·辛纳屈(Frank Sinatra,1915—1998),美国著名歌手、演员、主持人。

显得有点儿可怕。

> Take my lips, I want to lose them,
> 请带走我的嘴唇，因为我想失去它们，
> Take my arms, I'll never use them.
> 请带走我的双臂，因为我再也不会用到它们。

虽然我们一直在歌里唱着那些在爱情面前变成傻瓜的人的故事，在现实中却在不停地算计。不算计得失的爱情只会让人受伤，剩下的就只有充满了愧疚与羞愧的后悔之意。

虽然接吻后迎来的结局有些苦涩，但至少我对孔允大声呵斥的那件事的确给我的生活带来了一些改变。孔允还是和之前一样，但我发生了变化。那天我连话都没能说完，就只会转过身去哭。到底是什么改变了这样的我呢？从那以后，我再也没有躲避她，一听到她的声音或脚步声就会紧张得冒冷汗的症状也渐渐地消失了。

我有句话一定要当着所有人的面说出来。我一直在寻找一个恰当的时机，终于，在几天后当她拿着教学资料走进办公室时，我大声说道："各位，我有句话想要跟大家说。"

大家都看向了我，孔允，不对，金智慧也是。

"原名为金智慧的孔允女士并不是我的朋友。我们从来都不是朋友。其实我本来希望最好一辈子都不要再见到她,但人生又怎么会让人如愿以偿呢?总之,我和那位女士只有工作上的关系,除此之外没有任何联系,所以希望大家以后不要再把我们俩当成朋友。这就是我想对大家说的话。"

大家都在愣愣地看着我。孔允不屑地冷笑了一声,但她的脸已经泛红了。话一说完,我就直接走出了办公室,出来的时候好像还隐约瞥见了奎玉脸上的那抹微笑。

两天后孔允再次来到了办公室,她说自己不打算继续在这里授课了。她以新书的宣传及其他各种理由为借口执意要走,还把一部分定金退还给了我们。刘组长当着孔允的面提高了嗓门,用手指着她并怒喝道:"天底下哪有这样的道理啊。"得罪了在这一行人脉颇广的刘组长,想必孔允以后肯定会常常听到"作为一个讲师一点儿责任感都没有"之类的指责。我也没想到事情会变成这样,其实这并不是我说那番话的意图。

不管怎样,这件事给了我一个很大的教训。只要不再掩饰内心的想法,勇敢地把它说出来就能改变某件事。在这一点上,我依然十分感谢那晚与我接吻的奎玉。

从那时起,奎玉开始渐渐地从我们的视线中消失了。他从学院下班之后就会马上回家,话也明显少了许多,甚至还会经常缺席尤克里里课。这样一来,他也就自然而然地不再和其他成员聚在一起了。南恩大叔因为女儿得了严重的风热感冒,所以最近总是往医院跑,而武仁则发了条短信说剧本征集大赛马上就要开始了,所以自己最近特别忙。我突然有了一种预感,感觉自己很快就要离开这里。而某个周日早晨打来的电话,使我的预感变成了现实。

* * *

睡意正浓的我错把响起的电话铃声当成了闹钟,结果缩在被窝里又睡了二十多分钟。电话终于安静了下来,稍后来了一条短信。是一个陌生号码发来的短信,上面写着:"因为您的电话打不通,所以我们只能用邮件来通知内容。"我内心盼望着这不是条垃圾短信,并点开了邮箱。原来是不久前我看到一条招聘信息后投递简历的公司,邮件里写着我进入了该公司的最终面试。

在阳光的照射下,住宅区显得安静又冷清。红砖小楼房到处可见,偶尔还能看到由住宅改造成的小餐馆鳞次栉比地排列在一起。找了半天之后,我终于在一栋矮小的朱红色建筑前停了下来。我踏上了位于那座建筑外的楼梯,但爬了三层楼都没发现通往建筑内部的入口,只有一张"闲人免进"的告示牌像块招牌一样贴在楼梯的尽头。

一脸茫然的我只能给刚才那个号码打了通电话，接听电话的是一个粗犷的男声，随后贴着"闲人免进"告示牌的大门立马就打开了，顶着一头卷发的中年男子笑着出来迎接了我。我跟他说因为门上贴着告示牌，所以我没看出来那是入口，结果他竟然把手放在肚子上豪爽地笑了起来。

"外部人员的确不能随意出入，请进。"

建筑的内部比我想象的要大很多。整栋楼经过改造之后，所有楼层都向中央敞开着。锯末的香气扑鼻而来，到处都是用木头制成的家具，而人们正在围着围裙对胶合板及原木进行切割和加工。我看到有些人正在某个角落里打乒乓球，还看到有人正躺在沙发上戴着耳机听音乐。陌生的情景像拼贴画一样融合在一起，构成了一幅和谐的画面。尽管从这里能看到建筑内的所有情景，但公司里到处摆放着各种风格的画及滑稽的装饰品，也多亏了这些装饰品，这里丝毫不会给人一种威慑感。一头卷发的男人把我带到了一个小房间，让我随意找个地方坐下来，然后递给我一杯薄荷茶和一盘杏仁味饼干。当他察觉到我正在看挂在墙上的电影海报时，他说这是自己非常喜欢的一部电影，然后开始滔滔不绝地把自己所知道的有关汤姆·克鲁斯[①]主演的

[①] 汤姆·克鲁斯（Tom Cruise, 1962— ），美国电影演员、制片人。1990年，他凭借主演的传记片《生于七月四日》荣获第47届美国金球奖剧情类最佳男主角和第62届奥斯卡金像奖最佳男主角提名。

《生于七月四日》的信息都说了出来。因为我也喜欢这部电影,所以便很自然地和他聊了起来。我提到了《大地雄心》和《雨人》这两部电影,并谈起了不知从何时开始只拍动作片的汤姆·克鲁斯在剧情片里也表现出了出众的演技。虽然我们聊得很顺畅,但我感到大脑一片混乱。难道是我来错了地方?

"请问……"我小心翼翼地开口问道,"我怕自己搞错了,所以想问一下,我是来面试的吧?"

他似乎没有料到我会问他这种问题,愣了一会儿,随后回答道:"我们现在就是在面试。而且除了金智慧小姐之外,没有其他应聘者来面试。我刚刚是不是话说得太多了?哎呀,不好意思,我忘记做自我介绍了。"

他递给我一张名片。在公司名"树懒·休"的下方用类似于树枝的字体写着"代表[①]:崔俊元(木匠)"。老实说,我投简历的时候并不知道这是一家什么样的公司,我只是在到处投简历的某一天,习惯性地把自己的自我介绍信和简历发送给了招聘栏上写着的邮箱而已。除了网上显示的"创造生活的团体"的标签之外,我甚至都不知道这家公司具体做的是什么生意。

这是一家制作家具的公司。我从网上的一篇采访中得知,崔俊元

[①] 韩国公司里的一种职位头衔,相当于 CEO。

代表一开始在某个教育类节目中做编导，后来去西班牙过了几年留学生活，之后，他产生了以后要从事自己从以前开始就比较感兴趣的木工行业的想法，便开了一家家具制作公司。

我曾听说无论尖端技术如何发展，木匠这个职业都不会消失。虽然机器也能做出家具，但从某些方面来看，它还是无法完全取代"与木材打交道的人"。代表表明了自己想要引进几位有实力的木匠，并给他们提供一个愉快的工作环境的抱负。因为这家公司刚成立不久，所以感觉公司的体系还并不完善，但至少代表的意志看起来很坚定，对公司的远景规划也十分明确。他解释道，公司名"休"意味着站在树木旁边的人。我觉得这家公司是一个可以让员工迸发创意的地方，可我又能在这群木匠当中做些什么呢？

"我是一个浪漫的现实主义者。因为结论是现实主义者，所以浪漫只不过是个修饰语而已。"崔代表伸开双臂并说道，"所以我们正在寻找一个能给我们合理的灵感的人。"

"可您为什么选择了我呢？"

代表莞尔一笑，开口说道："我可没说你已经被录取了，我说的是来面试的只有你一个人。我觉得这种话得说得坦率一点儿，我之所以看重你，其实是因为你很平凡。更准确地来说，是因为你亲口承认自己是一个平凡的人。"

"您说什么？"我实在不知道该如何反应，便只能反问道。

"其实我们公司的人全都是'疯子'。虽然很难解释清楚，但大家的确都是疯子，从言行举止到脑子里想的都和正常人不太一样。我们公司里的大部分人都是在其他行业工作了一段时间之后才来当木匠的。因为大家都是有棱角的石头，所以经常会发生相互碰撞、相互摩擦的情况，所以我们需要一个人来起到调节的作用。在一个由一群疯子组成的团体里，平凡的人反倒成了特殊的存在。给我们公司递简历的人都明确地描述了自己是个什么样的人，一看自我介绍，发现里面写的全都是印第安纳·琼斯①这种级别的动作冒险片里的英雄人物和鸡仔文学②里历尽沧桑的女主角，哎……看着他们的自我介绍信，感觉就像在读那种小说一样。我们公司需要的不是小说家，也不是电影演员，我们寻找的是一个诚实、可以用心管理我们的人，也就是说我们需要的不是浪漫的现实主义者，而是现实的浪漫主义者。"

"就算如此，这世上想要找工作的平凡的人不可能只有我一个吧？当然，我并没有任何想要贬低贵公司的意思，也不是说我不想在这里工作。"以免他误会我没礼貌，我急忙补充道。

"所以我才想要当面和你聊一聊。"

---

① 《夺宝奇兵》系列电影的主角，一位考古学家兼冒险家。
② Chik lit，指女性的流行读物，在英美出版界，是一个专门的流派。这类文学作品一般由女性撰写，并且主要面向二三十岁的单身职场女性，主要通过轻松幽默的方式讨论现代女性关注的话题。

"那您现在也已经见到我了,您觉得我怎么样?"

听到我的提问,他干咳了几声后笑了笑。

"智慧你在信中所描述的自己莫名地触动了我,你那淡淡的文笔也给我留下了深刻的印象。不过见了面之后,看到你能把想问的问题都直接问出来的样子,我发现你应该不是一个会任人欺负的人。平凡的人比比皆是,但平凡也是相对的。虽然平凡的人的确很多,但每个人又都是不一样的。在我看来,智慧你很适合来我们公司工作。"

他说的不是"合格"或"不合格"。我们就像刚结识的朋友一样开始畅谈了起来。代表跟我详细说明了年薪及其他福利待遇,年薪比我想象的金额还要高,除此之外,餐费、加班费,以及我根本没想到的各种领域的福利都十分丰厚。

"贵公司给员工的福利这么好,这样公司还能运营得下去吗?"我好奇地问道。

代表一听,再次哈哈大笑了起来。

"我最讨厌'为了吃好活好'这句话。为了活下去,我们当然要吃东西,但如果活着只是为了吃,那人生该有多虚无,多没意义啊。我认为吃只是一种生存的手段,人活着应该要玩,要享受生活。而工作也一样,人不应该只是为了赚钱糊口而工作,我想让工作变成一种享受的过程。当然,这种想法可不可行,我们还得再观察。所以你愿意和我们一起去实现这种想法吗?"

我还是第一次被问到这种问题,开心得甚至在想自己是不是在做梦。

"虽然我们做的是把木头切割开来,加工之后制成家具的体力活儿,但我希望使用我们家具的人能够幸福,而这就属于脑力劳动的范围了。想要达到这个目标,我们就需要养分,但我们实在没有额外的精力去思考应该摄取哪种养分,所以这份工作就需要由智慧你来完成了。听智慧你放的音乐,看智慧你推荐的电影,看智慧你喜欢的书中的文章,都会给我们带来灵感。最终智慧你的喜好会成为我们公司的喜好,这样做出来的家具怎么也得比那些'没施过肥'的家具更帅气一点儿吧?"

听到代表说的这些话,我的身体开始兴奋地颤抖起来。这世上竟然真的有在应聘者的心中植入梦想的公司!

我紧紧地握住被汗水浸湿的双手,问道:"我在这儿能做的事情会有很多吗?"

代表笑着回答道:"肯定会多得超乎你的想象。"

***

我打算两周后正式去"休"上班,但不知道该在什么时候以何种方式跟刘组长提起这件事。刚转正没多久就要辞职?我对从最近开始时常和我讨论工作上的事情，还跟我聊了很多私事的刘组长感到有些抱歉。如果刘组长知道我在学院工作的这段时间里往别的地方投了多少封简历，偷偷跑去参加了多少场面试的话，她会露出什么样的表情呢？虽然我一直在试着寻找一个恰当的时机，但因为孔允中途突然辞职，以及由此导致的学员的大规模流失，刘组长的情绪变得十分敏感，再加上奎玉还请了几天的假，所以我只能把这件事一拖再拖。然而我不想再待在这里了，金部长离职后，我对DM所抱有的最后一丝期待也跟着消失了。运气好的话应该能一步步地往上爬，但我最终还是无法在这里留下我的名字。即使以后回过头来我会为此刻的选择感到后悔，但我的心依然倾向于这个选择，所以我还是要离开这里。

不知不觉中已经到了最后一堂尤克里里课。因为讲师要在秋天开始创作新的音乐，所以不能来上课，因此今天是我们的最后一堂课。最后一节课我们会举行一场小型发表会，每个人都要上前弹奏一首自己练好的曲子。教室里只有把每张都印着一个字的A4纸贴在一起做成的"尤克里里中级班第一期发表会"横幅，以及装在几个纸盘的饼干和纸杯里的饮料，但不知道为什么，包括刘组长在内的学院领导层及财会组的员工们竟然都来参观了。

出乎意料的是，我们的小型发表会竟然十分感人，而感人的点就在于，完全不会演奏乐器的人们竟然能各自自弹自唱一首曲子。

不知道大家回到家后下了多少功夫，此刻竟然都展现出了一定水准的弹奏水平。南恩大叔选的是一首当下十分流行的某女团的歌，这本来是一首节奏很快的歌曲，但大叔翻唱的轻快的抒情版本也十分动听。如果他那正处于青春叛逆期的女儿也在场，她阴沉的脸上肯定也会绽放出笑容。

  本以为武仁正忙着准备剧本征集大赛所以根本不会来，没想到他竟然顶着一张憔悴的脸到舞台上唱了一首《乞力马扎罗的豹》①。以悲壮、冗长的独白开始的他渐渐地把情绪推向高潮，最终以发狂般的吼叫声成功地完成了这场充满激情的演出。虽然这场演出比起演奏更注重表演，但因为前来观看演出的清洁工阿姨们强烈的欢呼声，所以现场气氛显得十分欢快。讲师称赞了武仁的实验精神，他说这对于尤克里里的演奏来说是一种新的尝试。然而武仁的脸上没有一丝笑容，今天他自始至终都摆着一副严肃又阴沉的表情。

  讲师特别看重的那个小学生的弹奏水平和春季学期比起来并没有进步多少。鼻子下面开始长出一些细细的绒毛的他，说了好几次不想表演，最后在众人的劝说下勉强上前唱了一首流行歌曲。他很明显是在排斥自己开始进入变声期的声音，也许正因为如此，被称为"口水歌"的这首流行曲从他的嘴里唱出来就变成了像在念经似的单调无比的旋律。孩子的母亲解释道，他这是因为进入青春期才会变成这样，

---

① 一首由韩国歌手赵容弼演唱的韩语歌曲。

小男孩儿一听立马发起了火，冲母亲喊道："你能不能别说了！"

小男孩儿的母亲一脸通红地走上前去，小心翼翼地把手放到了乐器上。出乎意料的是，所有人当中进步最大的竟是她。不知道在家练习了多少遍，她把感情及强弱把握得恰到好处，完美地弹奏出了巴赫的《康塔塔》，紧接着还快速弹了一首欢快的小曲"*Guava jam*"（《番石榴果酱》），并最终赢得了人们的喝彩。就连刚刚还处于青春叛逆期的儿子，此刻也重新变回了一个小男孩儿，用力地为自己的母亲鼓掌。讲师张大了嘴，发出了一声感叹后称赞这位母亲真的很有天赋。曾经跟我们诉说自己从很久之前就已经失去了梦想的她，此刻双颊像点了蜡烛似的闪闪发光。之前一直穿着暗色系衣服的她，今天却穿上了印着花哨条纹的浅色针织衫，头发也整齐地盘了起来，整个人看起来十分美丽，我甚至都为之前在心里称她为忧郁的母亲而感到有些愧疚。

最后终于轮到了我，我干咳一声后开始弹了起来。这是奎玉曾经给我听过的一首歌。我小心翼翼地拨弄着四条琴弦，跟着伴奏小声地唱了起来。

        Missed the Saturday dance

        缺席了周六的舞会

        Heard they crowded the floor

听到舞池里拥挤的人群声

Couldn't bear it without you

我无法忍受没有你的日子

Don't get around much anymore

不想再四处游荡了

Thought I'd visit the club

我本来打算去俱乐部

Got as far as the door

但当我走到门口时

They'd have asked me about you

他们向我问起了你

Don't get around much anymore

不想再四处游荡了

Darling I guess, my mind's more at ease

亲爱的,我以为我已经放下了你

But nevertheless, why stir up memories?

但为何那些回忆总是被唤起呢?

Been invited on dates

有人邀我去约会

Might have gone but what for

虽然我能去，但去了又有什么意义呢？

Awfully different without you

没有你一切都变了

Don't get around much anymore

不想再四处游荡了

　　我的歌声肯定没有小哈利·康尼克的声音那般甜美，我只是按照自己的方式来唱这首歌。唱歌的时候，各种想法在我脑海中一闪而过。今年春天，我连这个乐器叫什么名字都不知道。我不知道每根琴弦代表着什么音，也不知道该怎么握琴，以及如何用它来弹出声音。几个月前，武仁和南恩大叔对我来说还只是个陌生人。然而在这说长也长说短也短的时间里，我们聊了许多事，还一起做了一些奇怪的事情，而且现在不看乐谱也能弹出几首曲子来了。通过这段时间，我应该可以说是变成了一个更有文化的人了吧。

　　之所以在内心盼望着这首歌不要结束，是因为我希望奎玉也能赶来，然而我始终没能等来他。

　　我唱完之后，临时观众们都纷纷离开了，讲师这才开口说道："如果奎玉也在场的话，我相信他肯定会为我们献上一场精彩的演奏。既然他现在不在这里,那就让我们来闭上眼睛用心听一听他的演奏吧。我们来为他沉默片刻吧。"

虽然讲师的要求听起来有些荒唐,但大家都很认真地闭上眼沉默了一会儿。我突然很好奇,如果他在场的话会唱什么歌,是革命歌曲,还是情歌呢?又或者是连歌词都没有的哼唱?在一片沉默中,我好像听到从远处传来了柔和的旋律,以及他那深沉的声音。

18. 各位！

　　为了庆祝结课，大家下课后决定一起去聚餐。小学生和他的母亲赶着去下一个补习班，而讲师说自己待会儿有约，所以只参加了第一轮就离开了。最后坐在酒桌前的就只剩下武仁、南恩大叔，还有我了。奎玉很晚才赶过来，与以往不同的是，他今天把自己收拾得十分干净利落，还穿了一身西装，一看就知道他白天肯定是参加面试去了。我努力试着不去看他，但我们的视线还是在空中相遇了好几次。

　　那天的气氛很微妙。我们总是没聊几句就会陷入冷场，所以不得不绞尽脑汁想出新的话题。即便如此，可能大家都不太好意思去承认这个事实，所以根本没有人提议散场。那天武仁很快就醉了，与往常不同的是，他的眼神里充满了苦涩。他几乎都没有动下酒菜，只是不停地往自己干瘦的身子里灌着酒。等到血液中的酒精浓度达到一定高度后，他终于开口说道："我以后不打算再写作了，虽然之前也想过好几次，但这次我是认真的。我再也不写剧本了，以后就到一家学院或机构之类的地方当讲师算了。而且我也没参加剧本征集大赛，反正交了作品也不会入选……"

"就算不行也得试试啊，编剧怎么能放弃写作呢？"

因为我知道当初武仁鼓起了多大的勇气才好不容易走出低谷，重新开始写作，所以我鼓励他道。

武仁并没有回答我们，而是紧闭着嘴拿出手机翻了翻，然后把它递给了我们。手机里正播放着一段视频，是不久前刚上映的电影的试映会现场。几位非常有名的演员及导演正在舞台上跟观众打招呼，他们身后挂着一张十分酷炫的巨大的动作片海报。这只不过是在娱乐节目里经常能看到的短视频而已，我们并没有看出来其中有什么特别之处。

南恩大叔忍不住问道："这怎么了？"

"这是我的……"武仁嘀咕道。

"你说什么？你要说得仔细一点儿，我们才能听得懂啊。"

在南恩大叔的追问之下，武仁的嘴角露出了一丝嘲笑。

"两年前有一场剧本征集大赛，当时主办方以巨额奖金为噱头大肆宣传了这场活动。我也把作品提交了上去，但比赛结果显示'没有当选作品'。不久之后我听说这部电影要开拍了，一看故事情节，发现和我写的那个剧本简直一模一样。"

"你没申请剧本的版权吗？最近因为有韩国著作权委员会在，他们应该不敢轻易剽窃别人的作品吧。"

"我申请了,不过是在把作品提交到剧本征集大赛几个月之后才去申请的。我信心十足地打电话给电影公司,抗议他们剽窃我的作品,但他们说他们公司也登记了版权。而且我发现他们登记的时间竟然比我还早了几天,我登记的是整整一百多页的剧本,他们登记的只是三页故事梗概而已。我当时就想,他们怎么可能抄袭我的剧本呢?没错,这可能只是个巧合,可能只是题材相同而已,然后我就把这件事给忘了。但昨天我去看了这部电影。"

武仁说到这里便停了下来。他已经哭了。

"一模一样……台词也是,场景也是,就连道具也和我剧本里的一模一样。"

"你先冷静一下,肯定会有办法的。"看到武仁这副样子,南恩大叔似乎也为他感到难过,试着安慰道。

"不。"武仁的嗓音变得十分低沉,"你们知道这部电影的主要投资方是哪家公司吗?是DM集团,就是在我们国家拥有最大的电影院线的DM集团。如果这种事情牵扯到了大企业的利益,那我肯定就没有胜算了。"

我咽了咽口水,现在这已经不能算是别人的事情了。

"怎么可能?肯定会有办法的。现在这个世道,就算是再大的企业,也不可能一手遮天。如果他们还是对你的抗议置之不理,不管是论坛还是社交网络,你可以利用各种网络平台来抗议啊。"

为了能给他带来点希望,我绞尽脑汁才挤出了这些话。

"你觉得抗议有用吗?这种先例太多了。就算我拿着证据到网上、论坛上,还有社交网络上控诉他们,想要讨回公道,人们也不会觉得这种事情有多么稀奇。他们把角色名称给换了,调整了风格,修改了开头和结尾,所以人们一看,肯定会觉得那部电影很新颖,根本就没有抄袭我的剧本。有些人可能会在评论区里说希望我以后一定成功,好让他们偿还我今天所受的委屈。有些人可能会觉得我就是个尿包,只会在网上偷偷抱怨。有些人可能会说一个作品都没有的无名编剧因为嫉妒人家,才会在网上乱咬人。如果以后我发表这部作品的话,到时候就会变成是我抄袭了他们的作品。这就是我现在的处境,东西被人抢走了也要不回来,明明是我的,却又不是我的。我就是个透明人……"

透明人。从我的内心深处涌上了一股热流。没错,就是透明人。明明一直在放声大喊,却还是个透明人;如果不浮出水面,那就只能是个透明人;如果住在半地下室,那就是个透明人;如果不走出门,那就是个透明人;如果在人生这场游戏中输了,那就是个透明人。我感到了心痛。我这段时间到底都做了些什么?自从认识他们以来,我为了赶快离开这里而不停挣扎着。经过一系列徒劳的努力之后,终于在一次机缘巧合之下坐享了渔翁之利,从而成了学院的正式员工。后来又赶巧遇到了机会,所以现在正准备跳槽到其他公司的我听到武仁说这些话时,感到有些心虚。如果当初DM总公司给我发来了录用通知,那现在会变成什么样呢?我肯定会二话不说就离开这家学院,而且再也不会联系这三个人。然后我就自然而然地认为人生之所以过得不顺利,是因为还不够努力,除此之外,别无其他。是现实把武仁害成了这样,而我就是这个现实的潜在共犯。

"去抗议吧。如果你什么都不做,他们就会以为这是理所当然的事情。如果你什么都不做,他们就会恬不知耻地继续这样对你的。"我开口说道,而且越说越激动,声音变得越来越大。

不久前的我还是个在孔允的阴影里生活了十几年的人,我想起了自己当时鼓起了多大的勇气才得以摆脱那抹阴影。武仁和南恩大叔似乎被我这股气势给吓到了。南恩大叔低下了头。

"就算去抗议,结果又会有什么不同吗?你们记得韩议员吧?发生了那件事之后,人家照样过得好好的。我看到他前不久在一档早间脱口秀节目里说起了自己在逛市场的时候被砸鸡蛋的事儿。话一说完,他还哈哈大笑了几声,就好像完全没把这件事放在心上似的。现场的其他嘉宾都叹了一口气,对韩英哲的遭遇表示同情,都站在了他那边,而我们几个在他们眼里就变成了无赖,就是一群蛮不讲理的市民而已。虽然我没跟你们提过这件事,但其实我当时看着电视,内心觉得很绝望……一想到即使再怎么挣扎也改变不了任何事,我就觉得特别伤心。"大叔的嗓子都变哑了。

"那可说不准。如果他还有点儿良心的话,肯定会反省自己犯下的错误的。如果过一段时间后他又做出了不像话的事情,那我们到时候就再给他点颜色看看。"我不服输地说道,"即使我们所做的一切不能立刻改变某件事,我们也要不断地用行动来证明我们绝对不会就这么任由他们欺负。"

不能再继续这样活下去了……这段时间我们一直围绕着这个命题展开行动。如果说之前的那些都只是恶作剧或游戏,那这次就是对抗。如果说之前所做的是在确保自己的真实身份不会被别人发现的情况下,为了与我们无关的不特定的多数人而展开的行动,那这次就是为了我们的同志而战。大家的脸上都露出了怀疑的神情,但随后这份怀疑马上就转为坚定的态度。

但从结果来看,其实我们那时真应该仔细聆听一下自己心里发出的怀疑的声音,因为我们正在制订的计划注定要失败。

***

电影上映后没过几天,观影人数就轻松突破了五百万,票房一直稳居不下。经过一番讨论之后,我们巩固了这次行动的目标和方向。

DM集团的主页上显示着这部电影的观众见面会日程。几天后,为了庆祝观影人数突破了五百万,他们将在首尔最大的电影院里举办一场大规模的观众见面会,而那个舞台就是我们要展开行动的地方。我们的目的并不是让那部电影从影院下架,因为我们不想去践踏演员和全体工作人员辛辛苦苦做出来的作品。谁也不会料到除了电影主创以外的人会登上这个舞台,而我们要做的正是要站在这个舞台上向在座的人们喊出我们的心声。然而随着时间一天天逼近,我们却联系不上武仁了。

"武仁现在到底在干什么呢?"

南恩大叔一直在不停地给武仁打电话,但他始终没有接听,奎玉也感到有些奇怪。展开行动前的最后一晚,大家明明约好了一起见面,武仁却始终联系不上,我们开始焦灼起来。武仁很晚才到,脸色看上去十分憔悴。沉默了好久之后,他才开了口,说出了让我们意想不到的话。

"明天的那件事,我们就别干了。"

我们问他为什么,他却没能轻易回答出来,只是在不停地重复着"这一切全都是自己的错,所以不想把事情闹大"这句话。他的脸从来都没有像现在这般阴沉过。

"反正我们这么做也改变不了任何事。"他无力地补充道。

奎玉握住了武仁的双手,问道:"我就问你一件事。你之前说他们盗用了你的作品,是你搞错了吗?"

"不，这是事实……"武仁低着头小声说道。

奎玉的眼神瞬间变得凌厉起来。

"就算这样，你还是决定就这么放弃吗？"

"我没法儿跟你们解释清楚。我只是觉得我做不到，反正不管我做什么都改变不了任何事……"

武仁重复了几次相同的话之后，便直接离开了。现在只剩下我们三个人，气氛变得尴尬。

"连他本人都说不想干了，那我们明天还需要去吗？"南恩大叔疑惑地问道。

"我们不是为了他一个人而做这件事。我再说一遍，我们所做的一切不是为了某一个人。就算武仁不来，我们也要去。不，就算只有我一个人，我也一定会去。"奎玉说道。他那坚定的眼神实在难以让人提出反对意见。

然后，天终于亮了。

*　*　*

那天，我们创造出了一幅梦境般的场景。那天，我们做了一件人生中再也无法做出的事情。那是我人生中最后一个纯真的瞬间。其实也谈不上多久、多壮观，只是发生了一幕短暂的无声剧而已。

舞台很暗、很干净，而且特别宽广。演员们笑着走上了舞台，年迈的导演也走上舞台和观众打了声招呼。演员们不断地向观众们鞠躬，感谢他们的支持。舞台的前方聚满了扛着"大炮"相机的记者们，而我们就混到了这群记者当中。每当舞台上的主创们一个个地接过话筒来回答问题时，我就会感到加倍的紧张。话筒终于传到了站在中间的男演员的手上，他对观众们许诺，如果观影人数突破千万，自己就到光化门前跳一段街舞。就是现在！我们一同走上了台阶。我和奎玉从左边，南恩大叔从右边的台阶走上了舞台。南恩大叔抢走了那位男演员手中的话筒。我在他们身后举起了提前准备好的横幅。横幅上用红色的马克笔写着："DM集团赶快道歉！"

南恩大叔结结巴巴地开口说道："这个，这部电影是……"

站在这么多人面前，南恩大叔紧张地僵在了原地，声音小得听不清，话又说得结结巴巴的。但我们快没有时间了，奎玉迅速地夺走了话筒。

"这部电影并不是DM的作品。DM窃取了我们朋友的作品，而今天我们替那位朋友站上了这个舞台。"

我紧接着接过了话筒，感觉浑身的血液都沸腾了起来。老实说，我的脸上正戴着一副哈姆太郎[①]的面具，因为在清醒的状态下，我实

[①] 日本动漫《哈姆太郎》中的主角，一个卡通小仓鼠。

在做不出这种事情。

"各位!"

这就是我喊出的第一个也是最后一个词。话筒被掐断了。尽管我扯着嗓子大声喊了半天,但这无力的声音被那鞭炮似的不停响起的快门声淹没,最后连我自己都听不清我喊出来的话。我突然像长出了翅膀似的,腋下感到一阵刺痛,然后双脚就离开了地面,飘了起来。奎玉正在空中飞翔,南恩大叔也跟着飞了起来。我们从台上飞到了台下,下一秒,保安把我们扔到了冰冷的台阶上。有人把我的面具扯了下来,一瞬间,我露着脸躺在了数百人的面前。闪光灯不停地朝我"咔嚓咔嚓"地闪烁着。自打出生以来,我还是第一次像现在这样成了主人公。忽然,从身后传来了那位男配角的声音。真不愧是 scene stealer(过分卖弄的配角演员),他今日随机应变的能力足以成为后世的标本。

"谢谢大家。这是我们为了宣传而准备的一个小节目,但因为感觉效果没有预期的那么好,所以我们就中途喊停了。看来这几位回去之后得多加练习自己的演技了!"

我生平第一次出了名,"面具男女"在热搜榜上占据了长达六个小时的第一名。不到半天的时间,我们三个人的个人信息就被人肉搜索出来后公布在了网上。这种热度持续了四十个小时左右,因为之后报道出了一则更大的新闻,所以不到两天,我们就像过气明星一样从各大网站的主页上消失了。

19. 远方的他人

　　天快亮的时候,我们被放了出来。电影公司的代表及DM集团派来的宣传负责人找上了我们。当他们知道我是DM的员工,而奎玉是DM的实习生时,两个人之间互相笑着交换了一下眼色。他们临走前对我和奎玉说,之后会重新来找我们进行"行政上的处理"。

　　拘留所里吃的饭并不好吃,饭里并不像传闻所说的那样加了豆①,而不知道反复熬了多少遍后叶子早已变蔫的菠菜汤,喝起来只有咸味儿。但我们也只不过是在那里过了一宿而已。警察朝我们"啧啧啧"地直咂舌,还小声地说了一句"你们以后可别再这么活下去了",结果南恩大叔气得差点儿朝他扑过去。幸好奎玉及时把他拦了

---

① 在韩国,不论是监狱还是拘留所,都会给犯人提供"豆饭",也就是加了豆子的米饭。所以"豆饭"在韩语里也意味着"牢饭"。不过从2014年开始,监狱及拘留所里的豆饭都改成了普通的大米饭。

下来，才没有惹出什么事端。

熬过了梦境般的夜晚后迎来的清晨，青翠的同时又显得有些苍白，这是我在这个世界上迎来的最迟的夜晚，或者是最早的早晨。大家都保持着沉默。

过了一会儿之后，大叔打破了沉默，开口提议道："我们去喝醒酒汤吧。"

我们默默地捞着汤里的牛血和白菜叶。要是在平时，我们肯定会喝上几杯酒，但今天没有人开这个口，因为大家知道一切都已经结束了。其实昨晚武仁离开的时候，我们就已经预料到了这个结果。挂在小饭馆墙上的电视里正播放着有关晨跑的危害性的内容。换频道时，我们看到了一则新闻，由DM集团投资及发行的电影正以破竹之势刷新着自己的票房记录。字幕上写着"演员们和导演正在对观众鞠躬行礼"，紧接着主播面无表情地说"面具男女"在现场引发了一场骚乱。电视里出现了有人用手机拍下的现场视频，我们的脸被打上了马赛克，出现在不停晃动的画面里。从远处看到的我们比想象中的更矮、更渺小，看着令人寒心，而且还觉得有些可怜。

"我们上电视了。"南恩大叔无力地说道。

我看向了奎玉，他正低着头陷入沉思。

画面一变，某个人的脸出现在了电视上。

"等等,那个人……"南恩大叔喊道。

电视里的那个人正是武仁。虽然他把戴在头顶上的棒球帽压得很低,挡住了一部分脸,但我们一眼就认出了他。

他面无表情地说道:"这中间可能有什么误会……"

简短的采访就播到了这里,剩下的部分由主播解释道:"饱受争议的这位编剧称这部电影与自己的剧本只是题材相同而已,并不存在这家公司盗用了自己的剧本一说。他还表示自己对这三个人不了解事实真相就去电影见面会闹事,最终造成了这种局面而感到十分遗憾。"最后播放了一段电影的资料画面,面带着微笑的演员们正站在蜂拥而至的人群面前,朝他们挥手打着招呼。我们只是坐在饭馆冰凉的地板上,仰望着另一个世界的人们,远方的他人而已。

* * *

智焕把手插在兜里,不停地跺着脚,而爸妈正站在他的身后。他们亲眼看到了我所居住的半地下室,却什么也没说。母亲慌慌张张地摆了一桌饭菜,一家四口正在这连阳光都照不进来的狭窄的房间里围坐在一起吃饭。这么一想,我们一家四口最近一次坐在一起吃饭好像已经是几年前的事情了。不过一想到这次使我们聚在一起的契机,我就愧疚得抬不起头来。我刚拿起筷子,便看到了摆在饭桌正中央的一块白豆腐。一看到那块豆腐，泪水涌上来的同时我不禁笑了出来。父亲实在忍不住，便冲我喊道："别哭了，赶紧吃饭。"

爸妈和智焕并没有说什么，当天晚上就回去了。就好像把整个果园都搬到了家里似的，屋里摆满了苹果和梨，这些都是爸妈带来的。我还没有结出任何果实，却依然吃着父母辛苦得来的果实的事实让我感到很惭愧。

休息的时候，我打电话给"休"说我不能去那里工作了。代表十分惊讶地问我为什么，我就用短信把那天视频的链接发给了他。

"其实，我也是个疯子。"

他没有再回复我，而稍后收到的短信是别人发来的。

——我有话对大家说。

是武仁发来的短信。

***

我们最后一次见面的地点是在谋划第一次行动时的那家啤酒屋。大家都带着忧郁的心情静静地等待着结局的到来。约定好的时间过了一会儿之后，武仁才出现在了我们的面前。虽然他的样子看起来还和之前一样,但总感觉某些东西变了。比如说,他的表情、他的气质,还有他属于的世界,他现在对于我们来说就是个陌生人。武仁刚一坐下就闷头喝起了酒。

"你说,做人怎么可以这样呢?"南恩大叔有气无力地说道,"就算看到我的吃播下面有再恶劣的评论,我也没有像现在这样被人耍得团团转的感觉。我感觉自己那天就像个三流木偶剧里的傀儡一样……"

刹那间,空气中仿佛弥漫着骇人的怒气。我觉得我应该冷静下来,不,我都不需要冷静,因为我的心早已经凉透了。我连啤酒都没喝,因为我不想为了一件算不上庆祝也谈不上悲哀的事情,把酒精灌进我的体内。

我双手抱着臂,低声说道:"我觉得我们至少应该来听你解释一下,这到底是怎么一回事。"

武仁紧张得咽了口唾沫:"我明明都已经告诉你们别干了。我不是说了吗,什么也不会改变的。我还明确地跟你们讲过我不希望你们这么做。即便如此,你们还是一意孤行地去大闹了一场。所以你们现在满意了吗?"

虽然他十分努力地想要让自己的语气显得强硬一些,他的声音却在不停地颤抖着。我怕他照这样下去会出什么事情,所以都不敢一直盯着那张脸看。然而奎玉直勾勾地看向了武仁。

他拿起酒杯一饮而尽,然后嘲讽似的喃喃自语道:"钱……"

"你说什么?"武仁猛地抬起了头。

"你收了他们的钱,对吧?"奎玉从容地接着说道,"今天早上有一个工作人员来找我。他递给我一张承诺书,让我在上面签名,还说他们公司在事发之前早就已经跟你谈好了。我当时听了还不相信呢。可你这么做真的挺伤人的。"

武仁歪着头露出了一丝苦笑,他身上正穿着一件印着切·格瓦拉①的衬衫。

奎玉瞪着武仁,大声呵斥道:"所以说,你这个人就是一个连切·格瓦拉是谁都不知道,还穿着印着他照片的衬衫,自己的作品被人盗用了,就直接收点儿钱把它卖给别人,还不敢在大众面前说出事实真相的胆小鬼!"

武仁霍地站了起来:"是这样吗?你仔细想一想,难道不是因为你根本就没有体验过真正的饥饿感,才在这里站着说话不腰疼吗?"

武仁可能因为太过激动,口气变得越来越恶毒。

"我一开始没想太多,因为当时感觉自己在做一些既有趣又有意义的事情。直到有一天我发现存折里剩下的钱都不够我交手机话费,我这才一下子清醒了过来。然后我突然产生了一个疑问。那个人为什

---

① 切·格瓦拉(Che Guevara,1928—1967),生于阿根廷的马克思主义革命家、国际政治家及古巴革命的核心人物。

么就能这么从容呢？他为什么会这么悠闲地评价别人呢？所以我就查了查你的背景，你知道我查出了什么吗？父亲是一家大型医院的专家教授级别的医生，而你父亲住的房子是普通人赚一辈子钱都买不起的房子。就算你骂我龌龊也没办法，当我知道这个事实之后，我就是觉得心里很不爽。"

武仁咽了一口唾沫。奎玉头疼似的摇了摇头。

"这又是什么连坐制啊？你刚才说的那些跟我没有任何关系。"

"没有关系？你知道每当我受挫折、被人利用的时候，都会想什么吗？我认为这一切都是因为我没有力量。所以我下定决心以后只要我成功，一定要让那些嘲笑我、小看我的人好好看看自己有多么愚蠢。我认识的人全都在埋怨既定的局面，咒骂资本的力量，讽刺体制有多么畸形，为这个世界的不合理、不正当之处而感到痛惜。到那时为止，大家的确都是同志，但如果有人扔过来一块肉，大家都会迅速地跑去咬住它，脸变得比翻书还快。我以前还很好奇为什么会这样，但某一瞬间我突然明白了，因为成功实在是太难了。这个世界就是这样，就算这次感觉离成功更近了一步，但终究还是会回到原样。像你这种人又怎么会真正了解那种世界？"武仁激动地喊道。

南恩大叔低下了头。

"别再装酷了，你根本就没有资格去评价或煽动别人。我们拼死拼活就是为了争夺饭碗，但像你这种含着金汤勺出生的人还跟我们谈什么权威啊游戏啊,我感觉自己就像被人耍了似的,心情糟糕透了。你当然永远都不会理解这种东西。你就像到工厂参观学习似的来体验一次这种生活,体验得差不多了就说一句'啊,原来是我想错了',然后就像翻一下手掌似的轻而易举地回到上面继续享受荣华富贵的生活。你这种人啊,根本什么都不是。你就是个假货!"

哐!武仁仰面摔倒在地。奎玉不知何时已经站起了身。

"你真下贱……"

两个人对彼此说了些不该说的话,一些曾经带着某种感情与共同体意识在一起做某些事情的人之间绝对不能说出口的话。他们的脸上赤裸裸地表现出了彼此从骨子里就不是同一类人,以后也根本不会成为一类人的表情。想用尽全力去攻击对方、伤害对方的想法以低劣的语言展现了出来,于是现实变得越来越不堪入目。

回过神来一看,我发现自己已经在回家的路上了。我终于明白没喝一滴酒也能醉是种什么样的感觉了。我甚至都不记得刚才是怎么散伙的,是互相破口大骂了起来,还是有人抡起了拳头?所以结果又如何?这一切都像梦境一般朦胧了起来。我感觉双腿发软,耳朵里不停地响着刮金属的声音。

我混在人群里走了半天,好不容易才走到了家门口。这间半地下室的合同下个月就要到期了。"我得找个新房子了。"我竟然不由自主地把心里所想的话说了出来。

我不想再和他们混在一起了。不管世界怎么变,我只想听从自己的内心,为自己而活。

一想起奎玉,我就无法做出任何判断。我想起了之前和他在一起时的那段短暂而浪漫的场景,胸口突然感到一阵刺痛。"我们本来就不是什么特别的关系啊。"我在心里一字一句地重复着这句话。就这样还不够,我打开了发给自己的Kakao talk聊天窗口,输入了这句话。不过由于打字的时候没注意分写法①,所以每个词的后面就好像为了喘口气似的全都自动出现了句号。

我们。本来。就不是。什么。特别的。关系啊。

写完了这句话之后,有那么一瞬间,我真的对此信以为真了。可终究心还是会痛。这并不是失恋带来的伤痛,而是一种非常复杂的痛苦,又或者是一种隐秘的负罪感。那晚在和他接吻的途中,因为某种想法而选择不再继续所给我带来的负罪感。虽然你是个好人,但我无法与你携手共度未来,这种内心的防御机制是虚荣心。即使对我们所做的行动心存怀疑,却始终不敢说出口的虚伪。就像在照镜子似的,从曾是同志的武仁身上看到自己虚伪的内心的讽

---

① 韩文中单词和单词之间要空一格。

刺感……

也许从一开始，我就很清楚我们所做的这一切根本就改变不了世界，也不会在现实生活中引起任何龟裂，我只是没能把这种想法说出口而已，因为我实在没有勇气表达这种肤浅的真心。这么一想，也许撕破了脸把话说开的武仁要比我更坦率一些吧……

电话突然响了起来，我没有接。是我正在想着的那个人打来的电话吗？答案的对与否都让我感到害怕。电话响了半天之后终于安静了下来，突然，有人走到了我的跟前。是奎玉。他看起来十分憔悴，本就白皙的脸显得更加苍白，而瞳孔则微微泛着青色。和他的外表不同，从他身上散发出的纤维柔顺剂的清香像一条丝滑的绸缎一样在我的鼻尖萦绕着。是啊，这就是我喜欢他的原因。他的样子永远都无法用单一的风格来形容，从那看起来很随意的穿着中散发出的纤维柔顺剂的清香，乱蓬蓬的头发与白皙的双手所形成的不和谐的组合……可能是因为喝了酒，他的脸有些泛红。

"智慧，我想问你一个问题。你也觉得我真的是个假货吗？"奎玉一边晃动着身体，一边问道。

我静静地盯着他看了一会儿，看着他那单纯的眼神、率真的表情、拥抱过我的胸膛，以及曾紧紧牵住我给我带来勇气的这双手。

"不是。"我说道，"只是我不能停留在你的世界里而已。"

奎玉扑哧一声笑了出来。看到他被这句根本就不好笑的话逗得微微耸动着肩膀笑起来的样子，我感到很害怕。怕自己会更喜欢他，怕自己会陷入一个未知的危险世界里，怕自己会后悔。然而接下来，奎玉说了一句令我意想不到的话。

"我怕你会误会，所以一直很想告诉你。智慧，我喜欢你，非常喜欢。"

"为什么？"这是个错误的告白。但明知如此，我依旧轻声问道。

"你问我为什么？"奎玉笑了笑，随后天真地回答道，"因为你很美。"

我被这荒唐的回答搞得有些喘不过气来，他却继续说道，"你的一举一动都很美，明明是一只小笨熊，却总想要装成狐狸的样子也很可爱，还有最重要的一点就是你很坦率。你可能会不这么觉得，但你的一举一动，的确很容易就能让人读懂你在想什么……"

我用力地摇了摇头，不禁露出了一丝苦笑，而眼睛里则噙着泪。要换作另一天，换作是在像那天晚上一样的某个时刻，我肯定会觉得这份告白无比甜蜜，然而此时此刻听起来显得太过凄凉。我被这该死的时机气得流出了眼泪。

"金部长辞职之后，我也想了很多。我开始怀疑这种游戏会不会最终都以一场恶作剧结束。我思考了很久，最终得出来的结论就是，就算是用鸡蛋砸石头，我也想要更加深入问题的实质，这和我们之前所做的行动有本质上的区别。虽然想要真正实现这个想法可能需要一些时间，但我还是想把这件事告诉智慧你。因为……"

他话说得太急，所以讲得有些磕磕巴巴的。

"不，别说了，拜托！"我打断了他的话，"虽然很丢脸，但我也想跟你坦白一件事。其实我和武仁没什么不同。我不是一个勇敢的人，我只是为了装出一副勇敢的样子，为了暂时逃避现实，为了体验一把成为充满了正义感的人的感觉，为了不想总是一个人，所以才假装志同道合似的和你们混在一起。但我在心里一直对我们所做的事情感到怀疑，还生怕我的这种想法会被你们发现。我感觉自己好像变成了一个虚伪的伪善者，所以觉得很可怕，特别讨厌这样的自己……不过现在这么一坦白，我感觉心里舒服多了。我以后只想管好自己的事儿。所以，所以拜托你现在让一下，让我继续走我的路，好吗？"

周围瞬间一片寂静。奎玉慢慢地侧过身，给我让出了一条路。我赶紧往前走去，为了尽快让和他以及他们在一起时的那些令人羞愧的记忆成为过去，我的脚步变得越来越快。地面以飞快的速度向后移去，而我和他之间发生的一切都被吸进了过去的消失点里。

那天，某些东西发生了很大的变化，而某些东西则就此落下了帷幕。虽然我的人生里有过各种各样的结局，但这种结局我还是第一次经历。苦涩根本不足以形容我此刻的心情。我仿佛被抽干了所有的力气，身心俱疲。我们这场最终只能算得上是骚乱的冒险就这样结束了。

* * *

人生有时会迎来即使一无所有，也要放弃仅存的一切的时刻。这时所有的一切都会消失，而我们可以完全沉浸在与自己独处的时间里。也许有人会说这是吃饱了撑的年轻人找的借口，可我的确需要这样一种独处的时间。不是一个人吃饭或看电影时的那种独处，我需要的是真正独处的时间。而我唯一能找的借口就是"每个人的人生里都至少会有一个这样的时刻"，这句不知是出自哪里的话。对于我来说，"那种时候"指的就是现在。

周一，我去学院跟刘组长提出了辞职。刘组长把手放在我的肩膀上，什么话也没说，看来她已经知道那件事了。我当初拼命努力才挤进这家学院，后来又戏剧性地成了正式员工，可到最后竟然用一句话、一张纸就结束了这一切。人生可能就是如此。结局就是这么简单、迅速，而又出人意料，而且它总是会在该来的瞬间找上我们。

我没有看到奎玉,虽然刘组长让我跟他打声招呼再走,但我并没有这么做。离开办公室之前,我最后看了一眼我工位上的那把空荡荡的椅子。我想象了一下等我走了之后,谁会坐在那把椅子上。反正它已经不再是我的椅子了,在我走出这扇门之后,我就再也无法证明这个位置曾经属于我了。

街道还是和以前一样。尽管我参与的事情引起了社会争议,还在拘留所待了一夜,但很显然我的这些事并没有引起人们的关注。我突然很庆幸自己是个不起眼的人,人们的视线往往会转向这世上所发生的更可怕、更悲伤、更刺激的事情,而普通人的"电视剧"很快就会被遗忘。

我坐上了公交车。收音机里传来了熟悉的旋律,汉密尔顿姐妹[1]正以截然不同的方式唱着之前在奎玉的家里听过的那首"*Blue Room*"[2]。听着那天真烂漫的轻快的节奏及欢快的歌声,我感觉那天所感受到的隐秘的情感早已消失得无影无踪,而这个现实刺痛了我的心。

---

[1] The Hamilton Sisters and Fordyce,即美国1922年成立的女子团体 The Three X Sisters,是目前全世界已知最早的女团。
[2] 虽然歌词相同,但风格差距很大,汉密尔顿姐妹演唱的歌名为 "*The Blue Room*"。

***

我去学院收拾东西的那天,刘组长给了我一个小礼物。是一个能带来幸运的蓝色俄罗斯套娃,印在上面的脸蛋红扑扑的小女孩儿正在微笑。她说这是自己结婚前去俄罗斯旅行的时候买的一个纪念品。

"可您为什么要把它送给我?"

"因为我挺喜欢你的,所以希望它能带给你好运。你再过几年就会知道,其实每个人的内心深处都装着无数个不同大小和模样的人,就像这个套娃一样。"刘组长颇为认真地说道。

我温柔地握住了刘组长的手。

"既然这样,那我也想给您看一样东西,也可以说是向您坦白一件事情。"

我们走出了学院,很快就到了我的秘密藏身处——小区里的公园。风一吹,地上的枯叶便随着风围成一圈旋转起来。我指向了角落里的那把空荡荡的长椅。

"我跟您介绍一下,这位是郑辰先生。"

刘组长好像没听懂我在说什么,环顾了一下四周。

"难道只有我看不见他吗?"我调皮地补充道,"只有善良的人才看得见他哦。"

像挨了当头一棒似的愣在原地的刘组长,这才笑了起来。

"你以为我会骗你说,我真的看到他了吗?!"

我们笑了好一阵,然后我如实跟她讲起了郑辰先生是如何诞生的。刘组长虽然感到有些尴尬,却也点了点头。当我们没有理由再继续相处时,才第一次真正理解了彼此。

20. 空白章节

在钻石学院工作的那段时间,从此也只不过是人生中一段充满了回忆的小插曲而已。我从学院里走出来的瞬间,曾经在那里过得无比漫长的每一天就都被概括成了"那时"。

之后的一段时间里,我的人生没有发生任何事情。如果把我的人生编成一本书的话,那这一章节就全都是空白页,就是那种尽管都是白纸,但还是想插进正文里的那种章节。我度过了一段这样的时光。

我和南恩大叔发了几次短信之后就失去了联系。听说他在首尔新开了一家乌冬面馆,我希望大叔以后不是把自己吃饭的样子拍下来给别人看,而是能看到客人吃完他亲手做出的食物而感到高兴的样子。

有一天我偶然看到了一部名字很特别的网络漫画,就点进去看了一下,结果发现那部漫画的剧情作家正是武仁。那部漫画的名字不是《橡胶人的死亡》,而是《橡胶人的反击》。他目前看起来还谈不上成功或失败,好像只是在勉强维持生活而已。不过我并不敢贸然评价他的人生,只希望他能一直把梦想坚持下去。

孔允虽然又出了一本新书,不过人气大不如前。她结婚之后成了一个十分有名的博主,博客里全都是品牌方赞助的化妆品、名牌包,以及在某酒店里吃饭和在海外旅行的痕迹。虽然我不知道她的生活是否真的像她所展示的那般富足,但我敢肯定的是,她现在已经无法对我产生任何影响了。

我准备了一份作品集,然后重新进入了一家小公司工作。可笑的是,那个公司竟然又是"休"。

"虽然大家看起来都很平凡,但相处之后就会发现没有一个不是疯子的。看来我们注定是要在一起工作了。"面试的时候,崔代表认出了我,并跟我这样说道。

在即将迎来基因编辑、魔术般的3D打印技术,以及无人机在日常生活的普及化的第四次工业革命初期的现在,这些以木工为业的人只用他们的汗水和肌肉来制造出某些东西。从婴儿床、办公桌,再到各种室内装饰品,"休"的木匠们制作出了许多富有创意又具美感的作品。而我正通过给木匠们提供各种各样的内容和创意,以及研究当下的发展趋势的方式,努力完成着我在这里的使命。

虽然"休"曾一度面临危机,但总的来说,还算发展得很顺利,而代表也逐渐开始扩大公司的发展路径。除了木匠之外,他还引进并支援了各种领域的手工艺术家,而这些都要归功于代表将手工业视为艺术的理念。

三十三岁的我,现在成了一个由四名员工组成的小部门的组长。摆在我面前的工作依然堆积如山。作为一个每月拿着固定工资的小白领,我很少有时间能静静地坐下来思考有关自己的事情。我几乎每天重复着因工作而睡眠不足,为了清醒一点儿而喝咖啡,喝完了咖啡晚上又会睡不着的生活。而让我继续坚持下去的动力就是工资的事实虽然很悲哀,但这就是现实。

当我感到疲惫或忧郁的时候,偶尔会弹起尤克里里。四根尼龙弦的确能起到治愈心灵的作用。之前在大家面前唱过的那首歌的旋律,至今还留在我的指尖。当我唱起那首歌时,脑海中总是会浮现同一张脸。每当这时,有些问题就会像拖了很久的作业一样一直折磨着我,让我痛苦难耐。

我所知道的有关奎玉的最后一个消息是他正在某企业工作。一想到他的生活现在也应该变得安稳了一些,我就既感到庆幸,又有些心痛。通过游戏来引发龟裂,又通过龟裂来引起变化……奎玉说的这些真的行得通吗?他当初想做的到底是什么呢?难道只是为了释放被压抑的自我而做出的幼稚的恶作剧吗?每当产生这种疑问时,我除了赶紧停止思考之外,并没有其他办法。这就是我用来守护到现在还会时不时地感到刺痛的心的唯一方法。

正如智焕所说,与其努力想要改变世界,还不如按部就班地活着,因为这才是最务实的生活方式。但不知道为什么,我并不想这么做。每当回想起以失败而结束的那些恶作剧般的游戏时,我的心里就像是卷起了一个旋涡似的,不断搅乱着我的心绪。经过很长一段时间之后,我给自己下了一个诊断,那就是我想用自己的方式去改变世界,只不过我还没想清楚应该怎么做而已。

后来有一天,我得出了一个十分微妙的结论。而答案就在郑辰先生身上。

* * *

我从半地下室搬到其他小区已经有一段时间了,但偶尔坐公交车回来的时候,也会路过钻石学院所在的地方。不久前,钻石学院消失了。我最后一次看到它的场景是有人在用巨大的设备拆毁这座建筑。钢筋参差不齐地凸了出来,而曾经闪耀一时的招牌也变成了一个废弃物,被人扔在了地上。废除了毫无用处的象牙塔之后,DM把周边的地皮买了下来,然后在那里建了一个更加符合DM特点的实用场所。我对那里的内部感到好奇,所以就下了公交车,往里走了进去。

里面是集电影院、购物商场,以及各种连锁店于一身的综合文化空间,一眼望去密密麻麻的全是人,人们愉快地在这里闲逛着。又大又舒适、令人愉快又能赚钱的文化事业,难道除了购物商场之外就没有其他答案了吗?连空间都像从模板里印出来的企划方式让我喘不上来气,所以我急忙逃了出来。我在那个地方没有发现我的丝毫痕迹。

突然好想见一个人。我穿过马路,绕过了熟悉的巷子。与周围的变化相比,小区里还是和以前一样安静又冷清,就连出来锻炼身体的人、圆形空地及旁边的石阶都还是老样子。我慢慢地在老地方坐了下来。

"你好啊,郑辰先生。你过得还好吗?"我把这两句尴尬的话说了出来。奇怪的是,说完了,我竟然觉得心里暖乎乎的。我没有急着离开,而是一直静静地坐到太阳慢慢下山的时候。本以为这里什么都没变,但仔细一看,有好几处地方都画着画,从台阶、草坪,到种植的花草都能看出被人精心打理的痕迹。尽管如此,这里仍然只是一个被人们闲置的空间。就在这时,我产生了一个想要企划某件事的想法。

我花了整整三个月的时间来准备这场活动。因为觉得有些不好意思，便没有把这件事告诉我的亲朋好友们，但当准备阶段进入尾声时，我用邮件给某人发了封邀请函。而在这期间，世界的另一边也发生了一个奇怪的变化。

21. 真的，真的①，我们

最近电视里几乎天天报道有关势力遍布了整个韩国的几个财阀的非法勾当的新闻。电视上接连好几天报道金融界操纵股价、相互勾结串通，金融界与政治圈相勾结等新闻。而这些新闻的线索都是从在包括DM集团在内的错综复杂地交织在一起的企业总部上班的匿名举报者开始的。

目前尚不清楚匿名举报者是只有一个人还是好几个人。有人说这整件事都是同一个人举报的，也有人说这是好几个人联合起来干的。总之，他或他们为了挖出真相，以实习生的身份进入了该目标企业，又或者通过入职考试后成为高层领导的秘书或司机等消息也像小道消息一样被报道了出来。

---
① 原文"정말，진짜"，两个词都表示"真的"，而两个词的第一个字连起来就是"정진"，即"郑辰"。

他或他们持续地将搜集好的情报提供给一家媒体机构,而那家媒体机构经过充分取材后,将举报者提供的情报及通过取材所补充的内容一并曝光了出来。

主播报道称,在这次即将召开的听证会里,之所以会有这么多人愿意作为证人出席,都要归功于这些内部举报者。他们没有接受采访,也没有公开自己的真实身份,只是以信件的方式留下了想要传达的内容。主播把那封信读了出来。

就算改变不了世界,等我们上了年纪之后也会记得今天。希望大家到时候也能像现在一样,勇敢地批判那些自己认为不对的事情。

主播称最后两句话感觉有点儿像是谜语,然后接着读了下去。

虽然不知道你们所坐的椅子赋予了你们什么样的权力,但请大家不要忘记,其实椅子就只是把椅子而已。

最后一句话像熟悉的回音一样一直萦绕在我的耳边。从陌生的地方传来了只有我才懂的神秘暗号。

***

人们开始陆续来到圆形阶梯的下方。或许在其他人的眼中，这些人只是小区的居民或流浪者。越来越多的人带着饮料和零食坐到了圆形阶梯上。稍后，几个穿着黑色紧身裤，全身涂成了黑色的人登上舞台开始进行表演。他们表演的是一种影子戏，他们以逐渐远去的太阳为背景，进行了一场十分精彩的演出。表演结束后，舞台重新变回了空荡荡的空地。突然有一个男人大步走上舞台，为自己的女友唱了一首歌，虽然实力一般，但周围的观众还是为他送上了掌声。

舞台前立着一个小木牌，上面写着："人人都可以走上去的舞台，请大家勇敢地跳进来吧！"这是一个开放式的舞台。我找到了几处被闲置的空地，然后一一去说服充满疑虑的公务员，最终获得了他们的许可，同时还通过众筹的方式获得了一些宣传费用。

任何人都能登上这个舞台，不论是唱歌、跳舞，还是讲故事，在这个舞台上人们可以随心所欲地进行任何形式的表演。这里是没有把椅子、观众席和舞台这三个概念明确地区分开来的地方——拥挤的城市里空出来的圆圆的洞。这就是我所企划的内容的核心，我想打破界限，赋予闲置的空间一个新的意义和价值，并让大家共同参与到一个观众席与舞台融为一体的空间。我想在城市里多创造出几个这样的舞台，而今天就是我展开行动的第一天。

在场的人们都积极主动地参与了进来，而天色也随着各式各样的表演逐渐变暗。夕阳眼看着就要把大地染成一片红色。

一个男人正斜靠着路灯站在前方。因为他背对着太阳，所以只能看到一个黑色的修长的身形，但我能看到他的脸正朝着我的方向。蝉鸣像海浪声似的突然在我的头顶上方响了起来。我吓得张大了嘴，抬头看向了天空。就在这时，路灯旁的男人径直朝我走了过来，然后就像初次见面似的跟我打起了招呼。

"你过得还好吗？"

虽然他消瘦了很多，但那双眼睛显得明亮而清澈。

我装作一副若无其事的样子，笑着回答道："我很好，奎玉你呢？"

"我就是有点儿好奇，金智慧在做什么，所以就过来看看咯。我可听说，你还在继续折磨郑辰先生呢。"

奎玉指着小册子上写着的字说道："真的，真的，我们。"

这就是这个舞台的名字。

我轻轻笑道："虽然一开始可能有些困难，但我想尝试去做一些不同的事情。我想创造出一个人人都能参与，任何人都能登上舞台的地方。换句话来说，就是所有椅子都没有区别的地方。"

我朝他笑了笑。

"椅子,啊,这让人又爱又恨的椅子啊……"

奎玉单手捂着额头,做出了十分夸张的表情。

"我并不认为首尔被闲置的土地都应该被用来开发。既然是被闲置的土地,就应该让人们偶尔去那里玩玩吧①。而且我之前独占了郑辰先生那么久,现在也是时候把他还给大家了。"我厚着脸皮说道。

"还给大家?你这'无'中生'有'的能力倒是挺不错的。"奎玉耸动着肩膀笑了起来。

每当他这么一笑,凸起的喉结就会随着节拍上下移动。他笑起来还是和以前一样。

"你过得怎么样?"

"我吗?我得到了很多东西,后来又失去了一切。其实从一开始,我就想试一试我自己能不能做得到,所以从结果来看应该算是成功了吧。虽然不知道你会不会相信,但现在的我就是个穷光蛋。"

"你还是没怎么变啊。"

"应该说到目前为止,我还没有遇到充分的机会来改变自己吧。"

他意味深长地说完之后,递给我一张名片。上面写着一家公司的

---

① 韩语里"闲置"与"玩"写法相同,都是놀다。

名称。

"所以我好不容易才重新找到了一份工作。我得出了一个结论,如果发现一些需要去改变的东西,就要自己先去把它们搞清楚,然后再想办法告知其他人。其实我真的很想成功,因为我很好奇自己成功之后想法会不会变。"

"你现在不再做之前那种恶作剧了吗?"我问道。

"这个嘛,你说呢?"奎玉咧嘴一笑,随后便走下楼梯,站在了舞台上。

他的怀里抱着一把十分眼熟的乐器。柔和的旋律飘进了我的耳朵里。曾经听过的那首曲子在脑海中重复播放了很长时间,终于再一次响在了我的耳边。这是他曾经给我听过的歌,也是我曾为他唱过的歌。

有些人在认真地听他唱歌,而有些人丝毫不在意他的表演,和身旁的人聊起了天,过往的车辆所发出的噪声也传了过来,这或许就是在晚夏能看到的再平常不过的景象吧。所有的声音均匀地混在了一起,就像这片空地的胎动似的发出了砰砰跳动的声音。

我们看向了彼此。奎玉的脸上露出了微笑,而我也悄悄地扬起了双眉,这分明是志同道合的两个朋友之间所产生的隐秘的默契。我们的脸上都挂起了笑容,而笑容最终变成了笑声。一首永远都不会停止的歌才刚刚开始。尽情往大地投射红色光芒的太阳不知不觉间已经消失得无影无踪，而城市的上空慢慢地迎来了夜晚。

＊＊＊

在接连遭遇求职失败的那段时间里，只有一份工作，我觉得肯定非我莫属，然而我最终搞砸了那场面试。那天从公司走出来的时候，我发现天特别亮。虽然整个天空都被浑浊的空气覆盖，到处都显得灰蒙蒙的，但奇怪的是，我竟然觉得天亮得都快睁不开眼了。而且那天明明根本就没有下过雨的痕迹，地面在我的眼中却是已经湿透了的状态。总之，这一切都让我感觉特别不现实。

我带着沉重的心情走在路上，突然看到脚底下有一片彩虹，便停下了脚步。不知从哪儿流过来的油正漂在一洼小水坑上，从而形成了灿烂的彩虹。可它的模样和颜色实在太鲜明了，感觉比挂在天上的真正的彩虹还要逼真。因为我第一次看到这种微妙的美，便站在原地盯着那道"油彩虹"看了好久。原来不是只有雨后天晴时挂在天边的彩虹才会那么美啊。那天见到的没有任何事件和人物的"油彩虹"竟然成为我人生中印象最深刻的场景之一，现在想想真觉得挺可笑的。

我偶尔会想，即便我只是宇宙中的一粒尘埃，但当那粒尘埃落地的瞬间，说不定也能成为一道发光的彩虹。这样一来，即使不去用力地嘶喊:"我很特别!我不一样!"我也会成为这世上独一无二的存在。我用了很长的时间和努力才得出了这个想法,不过最后还是有一个小反转。那就是就算我没有这么费尽心思地去想这个问题,它也本来就是事实。

评语

在《30岁的反击》中,属于"88万韩元世代"①的主人公为了改变虚伪的世界而不断挣扎的创意十分可嘉。这本书让我们从小切·格瓦拉们身上读到了希望。在社会各处开展反抗行动的他们,被"1%的上层人士"控制的世界,引起变化的主人公们,设定这一系列叙事要素的作者的视角让我们感受到了真实感。此外,文章的密度十分高,写得也很顺畅。作家将事件和主题形象化,并用文字将其描述出来的写作水平及小说的美学价值也十分突出。

---

① 88万韩元世代:1997年金融危机之后,韩国社会变成了"赢家通吃"的社会。其中韩国大学毕业生中只有5%的人有机会被公司录用为正式员工,而其他人则会成为临时合同工,平均月薪只有88万韩元(被录用为正式员工的毕业生人均工资为每月200万韩元左右,普通工人的工资大约在100万—150万韩元左右),面临着不确定的未来,因而这些年轻人的内心充满了挫折感和愤怒。

《30岁的反击》是进入最终评审阶段的所有作品当中最优秀的一部作品。小说中出现的年轻人对在韩国社会中到处可见的伪装成"正品"的"冒牌货们",以及用恶劣的骗术来剥削弱者的结构性矛盾进行抵抗。他们所做的抵抗并没有给人一种悲壮或英雄拯救世界般的感觉,而是像游戏一样以轻快的方式进行。小说的主人公在目睹,以及经历那些抵抗行为的同时,逐渐从顺从型自我中摆脱,最终找回了主体自我。总之,这是一本风趣、清新又愉快的小说。所以我们最终选择了主题更加紧贴当今社会的《30岁的反击》作为本届的获奖作品。

评审委员：韩胜源（小说家）

玄基荣（小说家）

崔源植（文学评论家）

作家的话

碰巧同一年出了两本书，这对于一年前的我来说，简直是一件难以置信的事情。这本小说的初稿是从2015年2月到3月，历经两个月才完成的。但因为写完初稿后忙着做其他事情，所以这本小说就被搁置了一段时间，直到28岁的智慧变成30岁时，它才得以诞生。写初稿时，书名为《普通人》，但后来以《1988年生》的名字获了奖，而现在即将以《30岁的反击》的书名出版。虽然书名看起来很有魄力，其实也让我有点担心。如果有人问我有没有话要对即将迎来30岁的年轻人说，那我只能回答并没有什么话可说。说实话，我不想再给因忠告和指南而感到疲惫的他们任何建议或说教了。

我曾经有一段时间认为自己很有才能，那个时候的我即使不用特别努力，也能在各处得到人们的认可。然而我始终无法到达自己真正想要去的地方，每当我感觉快要到达的时候，眼前就会突然出现一座巨大的山，而当我拼命翻过那座山时，发现脚下竟是悬崖，总之那是一段十分荒唐的旅程。我曾经所做的努力、属于我的色彩都像个笑话似的被人扔在了地上。一切从头开始，从零开始，没有任何提示，只是让我重新开始，如果做不到就让我选择放弃的指令直接砸到了我身上。这种指令一直都是由我见不到的某人来决定的，也就是说，这归根结底是这个世界给我下达的指令。

我会以同情他们的方式来获得安慰。我发着狠，装出一副很坚强的样子对自己说"是那些不懂得欣赏我的评价者们错过了本可以诞生在这世上的某样宝贵的东西，哈哈哈"，然后用尽全力去证明自己绝对不会放弃。我想这就是我的反击吧。然而，无论我展开同情论，还是累得哭泣，这个世界都对我毫不关心。这个事实反而让我感到很庆幸，因为这意味着实现理想非常困难，并不是只有我一个人反复经历着失败。

写作时，我偶尔会环顾一下咖啡馆里的年轻人。他们面无表情地坐着看各种考试用书，或者组建学习小组来进行模拟面试，总之一个个看起来都十分疲惫。把不知道能否真正实现的目标怀揣在心里，先努力一把试试，从这一点来看，我和他们就是"我们"，我们都一样。咖啡馆里传来了和咖啡一样香醇的音乐，都是一些抚慰心灵的甜美又浪漫的歌曲，这也是为什么这部作品会以多首较为轻快的爵士乐作为背景。我想问问我自己，也想问你们几个问题。你想成为什么样的大人？你想如何记忆现在这段时间？就算你的反击并不奏效，是不是至少也要带着这种意志继续活下去？我认为就是因为这些问题及想法汇集到了一起，这部作品才最终得以诞生。

我到现在还清楚地记得在写这本小说的那段时间里，晚上回家的时候闻到的微微带着春天气息的凉爽的空气，以及终于写完的那天所感受到的开心又激动的心情。尽管遥遥无期的未来充满不确定性，但我有仍然选择支持我的家人，以及不管我的内心有多么忐忑，总是会朝我微笑的孩子，正是因为有了他们，我才能继续坚持写作。

感谢评审老师们给了我这份大奖。从获奖到出书的过程是确认两年半前的自己，并重新审视隐藏在背后的内心世界的一个尴尬的过程。除此之外，还要感谢给我提出很好的建议的姜建模编辑，以及设计出美丽的封面的权艺珍设计师。

我曾下过很多次决心一定要写出触及读者的内心、让人产生共鸣的作品。每当我下决心时，其实内心都会感到恐惧，就怕自己做不到。但正因为那份恐惧，我每次都会把那份恐惧当成人质，从而再次勇敢地下定决心。

2017年　秋
孙元平

当人坐在位于前方的椅子上时

就会被施上魔法

从而产生自己拥有了权力和力量的错觉

相反

当人坐在摆放在一起的无数个相同的椅子上时

便会被施上魔法

从而成为无力的大众

只能对坐在前方的人所说的话点头表示认同

也就是说

大家都会忘记椅子就只是椅子而已的事实

图书在版编目（CIP）数据

30岁的反击 /（韩）孙元平著；朴正敏译 . — 北京：北京联合出版公司，2021.3

 ISBN 978-7-5596-4787-0

　Ⅰ . ① 3… Ⅱ . ①孙… ②朴… Ⅲ . ①长篇小说—韩国—现代 Ⅳ . ① I312.645

中国版本图书馆 CIP 数据核字（2020）第 248190 号

서른의 반격 (Counterattack at Thirty)
Copyright © 2017 by 손원평 Sohn Won Pyung
All rights reserved.
Simplified Chinese Copyright © 2021 by BEIJING SHUTIANYINGHAI CULTURE MEDIA LIMITED COMPANY
Simplified Chinese language is arranged with EunHaeng NaMu Publishing Co., Ltd.
through Eric Yang Agency and CA-LINK International LLC

30岁的反击

作　　者：（韩）孙元平		译　　者：朴正敏	
出 品 人：赵红仕		产品经理：郭艳宇　星　芳	
责任编辑：徐　樟			

北京联合出版公司出版
（北京市西城区德外大街83号楼9层　100088）
北京联合天畅文化传播公司发行
天津光之彩印刷有限公司印刷　新华书店经销
字数 161 千字　880 mm × 1230 mm　1/32　印张 8.75
2021 年 3 月第 1 版　2021 年 3 月第 1 次印刷
ISBN 978-7-5596-4787-0
定价：42.00 元

版权所有，侵权必究
未经许可，不得以任何方式复制或抄袭本书部分或全部内容
如发现图书质量问题，可联系调换。
质量投诉电话：010-88843286/64258472-800

书田影海
SHUTIAN
YINGHAI